Conquérantes

Azzahra

Dédicace

Aux étudiants, et à ceux qui quittent
chez eux pour le savoir.

A Propos De L'auteur

Azzahra est née au Maroc, elle fait ses études de doctorat à la Sorbonne puis s'installe à Paris. Elle a publié deux romans Le calligraphe en 2006, et Tes mains en 2013. Avec une plume légère et réfléchie, elle trace les convergences et les divergences des sociétés humaines. Azzahra continue en même temps son travail d'ingénieur.

Trois Addresses

Tu te plains d'un retard d'avion! S'exclame Aelia avec une voix de*crescendo,* elle étreint fortement sa sœur, son manteau et son sac-à-dos, l'embrasse sur les joues et lui prend sa petite valise. Elle continue avec un ton monotone; j'ai fait mon premier voyage de Rabat à Paris en autocar. A l'époque, le voyage durait trente-six heures, deux journées entières et deux nuits. L'autocar a démarré de la gare routière de Rabat à une heure du matin, j'ai attendu le départ pendant trois heures car c'est ce qu'ils annoncent à l'achat du billet, et maman qui voulait me déposer plus tôt encore. Vers onze heures du soir, je voyais la station routière se vider, et j'avais commencé à douter que l'autocar était parti sans moi,

J'étais partie au guichet des billets pour demander et le monsieur m'avait rassuré que l'autocar qui allait me prendre allait entrer en gare bientôt, il me répondait en rangeant sa caisse et ses papiers pour fermer le guichet et rentrer chez lui. J'ai passé une heure dans une gare déserte, tous les guichets étaient en train de fermer les uns après les autres. La gare me paraissait soudain très grande, et l'écho des quelques voix devant le petit kiosque d'alimentation et tabac amplifie cette sensation. J'avais peur de m'assoupir et de perdre mes bagages ou bien de rater le départ. Et puis les gens ont commencé à affluer avec leurs proches qui venaient pour les saluer avant le départ. La gare redevenait vivante, les voix des appels de passagers s'élevaient, il n'y avait plus rien à craindre, on dirait six heures de l'après-midi.

- On est arrivé au port de Tanger vers quatre heures du matin et il a fallu attendre dans la pénombre et le désert du port l'ouverture des traversées. J'ai commencé à dormir à Tarifa quand la moitié de l'autocar avait cette ville pour destination. Il sentait mauvais quand tout le monde dormait et il sentait mauvais quand tout le monde se mettait à ouvrir les boîtes-repas et les sachets de sandwichs. Il sentait mauvais tout le temps! Je collais le flacon de parfum à mon nez et j'en vaporisais sur mon écharpe, mes cheveux, c'était ainsi que j'ai découvert l'ébriété à l'alcool gazeux, avec l'odeur de rose et de jasmin, j'ai inhalé une bonne part des anges cette nuit-là. C'était ma première ivresse à l'alcool, j'ai eu très mal à la tête et des nausées pendant deux jours. L'autocar faisait une pause toutes les six heures pour les toilettes et le dégourdissement des jambes. J'ai traversé deux pays sans les voir, et j'ai débarqué à la porte de Clichy avec deux valises dont l'une est sans roues, tu te souviens, celle de mon père, qui date des années soixante-dix, et une couverture pliée en colis noué avec une corde jaune dans son emballage d'origine, une sacoche en plastique dont les anses ont été dechirées.

—   Avec ce déménagement, je prends le métro pour aller à la cité universitaire à l'extrémité sud de Paris. J'étais encombrée et encombrante, les gens me rentraient dedans comme une poutre mal placée. Je gardais les pieds écartés pour tenir l'équilibre à chaque frein ou virage, et mes mains étaient trop occupées à tenir les bagages près de moi. On m'insultait avec des regards ou bien avec des *pfffffff, ohhhh, oulaaaa…* Je stressais à chaque annonce de station, en tournant ma tête à gauche à droite, question de prévoir d'où viendrait la prochaine bousculade … et faciliter le passage.

-       Faciliter le passage…

-       Deux dames se parlaient en me laissant entendre leur conversation, tout en regardant le texte du code d'usage des transports en commun écrit en taille de fourmis et collé près de la fenêtre.

-       Il n'est pas autorisé normalement de prendre le métro avec des objets encombrants.

-       En effet, ça dérange les voyageurs.

-       Oui en effet!

-       J'ai utilisé l'avantage de l'etranger, j'ai fait semblant de ne pas comprendre la langue, j'ai longtemps utilisé cette ruse d'ailleurs! Leur allure de bourgeoises de dimanche après-midi, colliers, boucles d'oreilles et bracelets tape-à-l'oeil me laissait croire qu'elles allaient au théâtre ou bien prendre un thé dans un salon dédié à ce type de déguisement. Maintenant que j'y pense, elles ne pouvaient pas comprendre la jeune étudiante que j'étais, immigrant pour faire des études, on faisait avec ce qu'on pouvait, même le ticket m'a été donné par un vieil homme, à qui j'avais demandé ma route et qui m'a aidé à comprendre sur un PILI (plan indicateur lumineux d'itinéraires) comment utiliser le métro et comment atteindre ma destination.

- "Vous êtes ici, il indique un endroit dans le nord de Paris, la carte est très grande, je ne voyais pas nécessairement où c'était mais j'acquiesce. Et vous souhaitiez aller là, c'était en bas de la carte. Nous allons trouver la station la plus proche, c'est Porte d'Orléans, dans le clavier il y a toutes les stations du métro classées par ordre alphabétique. Il faisait semblant de chercher pour me donner le temps d'apprendre, mais j'étais un peu distraite par sa peau rose et son double menton qui bouge comme un flan à chaque fois qu'il bougeait la tête. Il appuie, et la machine commence à clignoter et puis elle sort un bout de papier. Il m'explique les directions et la station de changement puis il me tend le bout de papier, le ticket et un " Bon voyage belle demoiselle".

- Ce Monsieur parlait gentiment, il était tellement gentil que j'avais un nœud à la gorge, je voulais pleurer, depuis trois jours j'étais sur mes gardes, loin de mes proches pour la première fois. Sinon, une carte de métro sur vingt centimètres carrés de papier glacé m'aurait suffi. C'était la première et la dernière fois que j'utilisais la machine PILI. Il était vêtu d'une chemise demi-manches et d'un gilet de chasse, le menton graisseux, rose et pendant, le cou rouge et très court, et les cheveux très blancs cachés sous un petit chapeau noir en velours sous forme d'une demi sphère, trop petit pour deviner sa fonction, comme il faisait chaud pour porter un chapeau, même un aussi petit. Là d'où je viens, les hommes mettent des petits chapeaux en dentelle de crochet avec une djellaba, ça faisait partie des habits traditionnels. des années plus tard, pendant un débat sur les signes de religion dans l'espace publique, j'ai appris le mot kippa. mais je ne me souviens pas si ce Monsieur mettait une kippa ou un tarbouche exotique avec un gilet de chasse.

- Je ne pouvais pas quitter ma place près de la porte pour être prête à descendre à tout moment, j'avais peur de rater la station ou de perdre mes bagages, dix secondes d'arrêt c'est très court et les stations défilent comme l'éclair, avec mon mal de tête c'était difficile de suivre!

- Ton employeur paie ton déplacement, tu viens légère avec une valise cabine et ton déménagement te sera livré à ton adresse, et tu me trouves à t'accueillir dans l'aéroport. Un retard de trente minutes n'est pas très grave...

-    Non ce n'est pas grave en effet, mais ça mange, ça ronfle et ça peut sentir mauvais en avion aussi. Tu m'as attendu longtemps à l'aéroport?

-    Non pas du tout! j'ai eu l'information sur le retard de ton vol avant de sortir de chez moi.

Enfants, les deux sœurs partageaient la chambre, le placard, les chaussures et les manteaux. Maintenant, leurs mensurations restent proches mais leurs styles divergent remarquablement. Elles ont bien changé en dix ans, l'une à Paris, l'autre à Rabat, l'une est expert comptable, l'autre est ingénieur, elles n'ont pas le même style, c'est visible sur les bouts des doigts. Aelia tient le volant délicatement et ses ongles bien vernis d'une couleur rouge vif. Ses ongles reflètent la lumière du soleil en petites étincelles scintillantes. Sally vient de Rabat, où la manucure coûte cinq euros, avec des ongles coupés jusqu'à la racine, et pianote avec une vitesse insoutenable sur l'écran de son téléphone. Elle envoie des messages à sa mère pour la rassurer de son arrivée.

Ces jeunes femmes appartiennent à la génération de " Avez-vous des artichauts?" de "Mr and Mrs Lynch", de la guerre du Golfe et de la chaîne de musique ViVA.

C'est une génération extravertie, tournée vers l'autre, à comprendre sa langue avec des dialogues de situation de style "Avez-vous des Artichauts?" dit la dame dans le marché, s'adressant au vendeur, une question invraisemblable dans la réalité des marchés de Rabat. Dans la vraie vie, le vendeur de légumes dans le souk étale toute sa marchandise devant lui, en self-service, son travail principal est de crier les promotions, répondre plutôt à des questions du style " Il est à combien le kilo d'artichauts?", de peser et de percevoir l'argent. Mais on s'en fout, l'objectif du dialogue est d'apprendre à poser une question en langue française en inversant sujet et verbe, et au passage apprendre et reconnaître un légume qui commence par la lettre A, Artichaut, *Arti Ciocco*, mot d'origine arabe *Ardi chawki*, légume d'origine nord-africaine, introduit en Europe pendant l'Ibérie musulmane, premier catalogue botanique connu de la plante au douzième siècle en Andalousie.

C'est ainsi qu'on apprenait les langues étrangères, des langues de communication de sciences et de savoir, on apprenait des mots, des lettres, dans des expressions de situations qui, parfois, contrastent avec le réel. On apprenait beaucoup de langues à l'école, comme si demain on allait se réveiller et chacun parlerait une langue différente, ou bien chacun serait dans un pays différent.

Il est un peu vrai, on exportait des services, des mains d'oeuvres et des compétences parfois, au nord de la Méditerranée, en mode offshore c'est à dire la création de valeur se fait au sud, ou bien en mode onshore c'est à dire elle se fait dans la rive nord, et on importait souvent des produits finis avec des notices d'utilisation et de consommation, et des tableaux de bord multi-langues. Pour ainsi dire que les huit heures de langues étrangères chaque semaine à l'école servent à tout le monde!

-       Tu penses à rester en Europe?

-       Je n'y ai pas pensé, c'est tôt pour le savoir. Actuellement, je pense surtout à être loin du Maroc pour un moment. Tu penses qu'il est facile de venir vivre ici quand on arrive tard?

-       Je ne sais pas… Pourquoi pas! En tout cas je suis contente que tu sois venue, je ne serai plus seule ici.

Changer de vie est une décision bien difficile pour quelqu'un dont les besoins de base ne sont pas menacés chez lui. Sinon il y aurait beaucoup plus de gens qui changeraient de vie, de pays, d'entourage, d'habitudes. Il faut tout recommencer. Sally ne veut rien recommencer, sa décision n'est pas changement mais continuité en décidant de poursuivre une expérience professionnelle ailleurs. Elle travaille dans une multinationale dont les bureaux sont exactement les mêmes dans toutes ses filiales au monde, les mêmes couleurs des murs, les mêmes chaises et la même décoration.

Aelia voulait garder le sujet ouvert, parce qu'elle voudrait bien avoir une assurance que sa sœur reste à Paris. Elle dit alors de manière désinvolte et rieuse dans une tentative de donner une réponse,

-    Tu croiseras parfois les rigoureux qui te corrigeraient des erreurs de conjugaison, ou les mal polis qui s'excuseraient faussement de ne pas comprendre ta phrase avec une grimace du pays. - Elle rit tout en imaginant deux ou trois grimaces grotesques puis elle continue - Mais tout le monde comprend tout le monde ici, en général.

-    Certes, il y a des accents qui passent mieux que d'autres ici.

-    Les Américains parlant français par exemple, même moi je trouve cet accent mignon.

-    Donc je n'ai qu'à apprendre l'accent américain, je prononcerai le *R* comme un fassi en le roulant dans toute ma bouche avant de le sortir et le *che* comme un campagnard de had-kourt en sortant *tche* en buttant ma langue contre mes dents!

Elles éclatent de rire simultanément, Aelia lâche le bras de vitesse et tend sa main à sa sœur qui lui tape un cinq volontiers.

- Tu vois, c'est pour ces rires fous et tes remarques imprévisibles que je veux bien que tu restes longtemps ici.

- On verra comment les choses se présentent, je suis contente de travailler avec l'équipe Europe, c'est une belle expérience!

L'accent est un signe ostentatoire du *venu-d'ailleurs*, tout comme la couleur de peau, ou bien l'habit. L'instinct social fait que nous essayons toujours d'apprivoiser l'autre en trouvant des croyances, des traits, un bout d'histoire communs - pas seulement avec l'individu devant nous mais plutôt avec l'image que nous avons de cet individu avec son bagage du *venu-d'ailleurs*. Comme si notre esprit a besoin de voir la grande image avant de voir le détail, la tribu avant l'individu, c'est un mécanisme de sécurité. Ensuite, on se met à affiner peu à peu pour connaître plus sur l'être spécifique pour un intérêt de communication commune et tout cela se passe dans le subconscient en un rien de temps, sans se rendre compte. C'est un processus rodé depuis la nuit des temps. Le processus inverse se passe également en un clin d'œil, quand l'erreur d'une personne est portée par tout un peuple, toute une communauté. A chaque fois il y a un attentat terroriste ou bien un assassinat, il y a des voix qui s'élèvent pour demander à tous les musulmans de se justifier, de manifester leur condamnation, de prendre parti, de trancher avant les investigations et de condamner avant le tribunal. Ces dix million de personnes sont libres, et sont singulières, toutes n'ont pas la même manière d'exprimer leurs idées et ont le droit de les exprimer ou de les garder pour eux. Dix millions de personnes doivent-elles vraiment justifier l'acte d'une seule personne?

La perte de la plupart de ces musulmans est beaucoup plus grande que ce qu'on imagine, ils se sont habitués à un pays ou on peut être libre de s'exprimer - ou pas - et voilà qu'on leur demande de prêter allégeance en public de leur opinion, parmi les victimes il y a leurs proches et leurs amis, mais ils ne sont pas considérés comme vraiment en deuil parce qu'ils sont musulmans. Des voix s'élèvent à chaque occasion pour dénoncer leur silence, leur paix. Ces musulmans sont doublement sinistrés et les voix qui les sollicitent sont des Marino Sanudo, utilisant l'ignorance des partisans pour diaboliser l'adversaire afin de s'autoriser toutes les agressions, les dépassements et les exactions.

Un signe ostentatoire permet d'éveiller une histoire commune, une compréhension, une ressemblance ou une différence selon les intérêts du moment, et tout ce que l'interlocuteur d'ici trouve dans son subconscient est accent anglais un héro, la deuxième guerre mondiale Charles de Gaulle, Accent italien, la pizza, michel-Ange, Berlusconi, Mafia, accent maghrébin, voleur, illettré, mauvaise personne, Marino Sanudo et ses disciples. D'où vient cette programmation? De toutes les histoires et mythes racontés, de tout ce qu'un peuple souhaite raconter sur un autre peuple, ses gloires, ses échecs, la publicité du dénigrement ou de l'héroïsme. Et comme l'histoire est infiniment polymorphe, elle se livre volontiers à ce type d'exercices, et la face qui gagne est celle racontée par son père, sa mère ou son grand frère, ou bien par la chaîne de télévision qui s'érige en prêcheur de morale et de bonne pensée.

-       Je n'ai pas de problème avec mon accent, j'ai un problème avec ce qu'elle peut susciter chez les autres.

-       Je sais, il vaut mieux ne pas avoir d'accent, ça retarde les préjugés. Moi j'ai perdu le mien en trois mois.

Rester, un sujet qui n'a pas branché l'esprit de Sally jusqu'alors. Elle a saisi cette opportunité d'expérience à l'étranger parce que c'est un accélérateur de carrière, d'expérience ou de patrimoine. Beaucoup d'ingénieurs y pensent au bout de quelques années d'expérience. Ne pas changer signifie une stagnation, et comme la recherche et développement vont très vite dans son domaine, - le monde va vite partout d'ailleurs- faire la même chose longtemps revient à ne plus savoir faire grand-chose. Il lui a pris des années pour expliquer cette réalité à ses parents, fonctionnaires d'Etat dans l'enseignement, qui ont enseigné la même connaissance avec rigueur et abnégation pendant quarante ans, et sont restés avec les mêmes immatriculations d'employés, d'employeurs et le même lieu de travail toute leurs vies professionnelles. Ils s'étonnent à chaque fois des amis de Sally changent très vite d'employeurs, « quel est le problème? », « Mais il n'y a pas de problème, ils ont trouvé une meilleure offre ailleurs! ». « Moi je change seulement de pays, je reste avec la même entreprise, si ça ne me plait pas là-bas, je peux toujours revenir ici ». La réversibilité est un argument miracle, ça rend confortable l'idée de changement, même si elle est rarement voulue, rarement possible, rarement acceptée.

Et puis travailler dans un autre pays permet de voir le monde différemment. « Je peux voyager facilement dans toute l'Europe depuis Paris, il y a trois aéroports et beaucoup de stations de train, et des dizaines de vols abordables chaque jour ». C'est l'argument en plus pour Sally. Elle ne pense pas à transposer ses moments de vie dans le cadre d'une nouvelle ville, elle n'a même pas voulu penser à ce qui égalerait un après-midi de détente au Hammam et un thé vert à la menthe de la vallée de *Abda* dont le goût est toujours inconnu à Paris. Elle ne sait pas encore comment ses nouveaux moments feront des habitudes dans une nouvelle ville.

Fille de sa génération, une génération qui vit plus ailleurs que chez elle à travers les écrans des télévisions, des ordinateurs et des téléphones. Depuis le bas âge, elle a toujours regardé des dizaines de chaînes de télévision, de divertissement, d'information, de sport, de musique, en arabe, anglais turc allemand espagnol français italien hindi, où parfois passe le même contenu en différentes langues, dans une foison de couleurs et d'opinions. Sa conscience du monde a été ainsi faite, en regardant ce qui se passe quelque part, raconté par les gens de ce quelque part et par d'autres venant d'autres pays.

Ce monde d'ailleurs a rejoint la réalité des deux filles pour la première fois quand les écoles, les lycées et les universités étaient fermés pour désamorcer la colère du peuple à la première guerre du golf, fermer les établissements de rassemblement étant une pratique classique pour contrôler les foules dans les années 90. Certes, cet arrêt de l'école n'était pas comme les précédents, il a donné le temps à tout le monde, adultes et enfants, de voir en boucle des scènes de guerre et de destruction, dans toutes les chaînes de télévision qui concurrencent sur les scoops pour attirer les audiences. Tout le monde a suivi les combats et les débats jour pour jour.

En quatre-vingt-dix, Aelia et Sally n'avaient pas encore le droit de regarder le journal des informations avec les adultes quand la première guerre du Golf éclata, le journal télévisé était une émission sérieuse, elle l'est devenue encore plus pendant ces temps de guerre, attendu et regardé religieusement, avec un silence dans toute la maison et une attention entièrement dirigée vers l'écran de la télévision, pour ne rater aucun mot qui commente les images de destruction avec un jargon nouveau, un jargon de destruction et de guerre. Tous, les yeux écarquillés et les lèvres serrées, prêtes à dire un seul mot « shuuu », même à la pluie ou aux klaxons des voitures dans la rue.

Cette envie de s'informer à outrance incite à choisir un camp. Et c'est magique avec la télévision, pour choisir son camp il suffisait d'arrêter de zapper. Et au final, il y a le camp des perdants et le camp des gagnants et tous deux entremêlent valeurs, intérêts et revanches. Il n'y a pas de camp de l'humanité dans les guerres, car bizarrement cette valeur devient polymorphe également.

Tout le monde a appris les noms des missiles « skud », « patriot », même les plus jeunes à travers les communications urgentes qui interrompent leurs émissions de jeunes et dans les bandeaux d'informations qui défilent en permanence en bas de l'écran. Les images de destruction étaient vraies, même sans commentaire elles montrent l'horreur de la guerre.

Après la fin du journal télévisé, les discussions politiques continuent autour des verres de thé et des tasses de café. A cet âge tendre qui est l'enfance, les deux filles ont compris que le mensonge n'existe pas, chacun explique la réalité avec des arguments qui arrangent sa situation, chacun a raison, et le faible a toujours tort parce que le fort a plus de moyens de crier plus fort et partout, dans toutes les chaînes, dans tous les yeux et toutes les oreilles et dans tous les foyers. C'était trois semaines qui ont marqué le subconscient des deux filles et de toute une génération. Puis l'école a été reprise, pour s'occuper et se distraire de la guerre. A la cour de récréation, des enfants de huit ans rivalisent par le nombre d'armes qu'ils ont apprises et les dessinent à la craie blanche au sol. En grandissant, elles ont oublié cette guerre, et il y en a eu d'autres, partout dans le monde.

Les chaînes de télévision naissent et vivent avec le noble objectif d'Informer et Divertir, troquant habilement, dans un échange triangulaire de valeur, publicités à outrance, attentions des téléspectateurs et travail d'artistes et de journalistes. Ces derniers s'érigent en prêcheurs des valeurs et détenteurs de vérité, jusqu'à ce que le rôle de monnayeurs de l'attention et du temps soit pris haut la main par internet et les chaînes commencent à diversifier leur canaux pour rattraper les attentions, journal digital, application mobile, autrement elles meurent doucement, comme la chaîne de télévision ViVA la chaîne préférée de toute une génération de jeunes, Sally et Aelia apprenaient les langues avec les chansons, et elles pratiquaient l'anglais et l'allemand avec Spice Girls et Tic Tac Toe.

Maintenant Sally veut juste vivre sa propre expérience du monde et la raconter peut-être dans les pages des réseaux sociaux. Voir si la vie de Mr and Mrs Lynch, la famille du manuel scolaire d'Anglais, sa toute première bande dessinée anglaise, existe vraiment à Londres, renouveler son regard sur un pays, une ville, sa famille, les gens, se faire une expérience qui lui permettra de contraster son existence qu'elle ne sait comparer qu'avec des faits contés par d'autres.

Cette envie lui est arrivée subitement, après une discussion avec Helen, la mère de Peter, le jeune homme qui tenait la maison d'hôtes où elle a séjourné quelques jours à Cardiff. Après avoir compris que tous les pays musulmans ne mettent pas une burka au-dessus des femmes et que peut-être l'Iran qu'on voit dans la télévision est plus proche d'une télé-réalité que de la réalité, Helen lui dit une phrase « vous savez, les explosions de voitures piégées étaient un fait quotidien à Londres, les anglais de plus de quarante-ans le savent ». Elle faisait référence aux soulèvements irlandais. Sally s'étonne de cette violence et se rappelle la guerre du golf.

-     Pourquoi on explosait des voitures à Londres et pas à Belfast ou bien Dublin?

-     Parce qu'il faut frapper la source du pouvoir pour être entendu.

-     Oh! Oui c'est évident!

"Because you need to hit the source to be heard". Cette dernière phrase a déstabilisé Sally, une phrase qui explique le concept de représailles et de soulèvements de manière si précise est dite par cette femme sans ton et sans émotion, de manière si banale, aussi banale que la phase "le pain est fait de farine de blé". C'est déstabilisant car on est en train de parler d'explosions et de victimes. Sally a senti qu'elle n'a pas la maturité émotionnelle pour ce type de discussions et a juste dit: "Oh! yeah obviously".

Rester est aussi une décision de circonstance. L'Homme est ainsi fait, de mouvements, de voyages, de migrations, avec une option de luxe aujourd'hui, il n'est plus nécessaire d'être vraiment en communauté pour rester connecté avec son premier chez-soi, on fait déjà une communauté grâce aux nouveaux moyens de communication et aux réseaux sociaux, au fret et au ciel décoré en permanence par les traînées blanches des avions. Ce n'est plus une grande décision de changer de pays.

La question est de choisir où voudrait-on rester, car un pays est un tout, un peuple, une culture, une histoire, des maux, des mœurs et des misères, une terre, des joies, des rivières et des mers, un pays finit toujours par faire partie des gens qui l'habitent, il n'est pas une coïncidence que Habit et Habitant ont la même racine, ce qui rend la réponse difficile car on doit savoir la partie de soi qui accueillera la nouvelle terre, qui aura sa couleur, qui mélange son sang avec son odeur, et sa chair avec ses eaux, et dans quelques siècles fera partie de son folklore et de ses autochtones, même s'il y a des gens plus autochtones que d'autres, et fera partie de son ADN, comme le présente si bien une publicité de service d'identification d'héritage génétique.

Parce que des immigrés ont choisi d'habiter ailleurs, on trouve Lynch Guevara en Argentine, Almodovar Pedro en Espagne, Bargach-Vargas Abderrahim au Maroc, ou Amar Ameth au Sénégal. Voilà des gens qui ont immigré il y a quelques siècles, qui ont imprimé l'histoire de leurs pays d'accueil tout en portant des noms de *venus-d'ailleurs*. En tout cas, bien que les langues et les cultures soient élastiques, il faudrait des siècles pour tordre un nom et le dissoudre dans une culture nouvelle et un subconscient nouveau. Yahya, avant de devenir le prénom le plus populaire d'Europe, il a bien traversé des siècles, des cultures et des milliers de kilomètres pour devenir Giovanni, Jean, John, Yann. Et bien qu'il n'y ait pas de féminin de Yahya connu dans les langues vivantes parentes de l'araméen et de l'arabe, le prénom et le subconscient qu'il porte sont tellement populaires qu'on lui a créé ses féminins Johanna, Jeanne, Giovanna.

C'est pour dire qu'on n'est pas obligé de changer son nom tout de suite pour vivre dans un pays, le temps s'en occupera dans un mouvement naturel d'enrichissement. C'est le sol, il finit toujours par habiter l'être-humain qu'il nourrit.

Tous les noms n'auront pas le parcours de Yahya, d'un nom et personnage impopulaire à un prénom très utilisé. On ne saurait pas imaginer ce que deviendrait Omar ou Ali dans quelques siècles et quelle serait la distorsion qu'allait leur proposer le temps pour habiller la culture d'accueil, ou bien la toute nouvelle culture quelques siècles plus tard.

- La différence dérange ici.

- Elle ne dérange pas tout le temps. Elle ne dérange pas tout le monde. Par exemple, quand il y a des actes terroristes revendiqués par des prétendus musulmans, la différence devient plus visible.

- C'est compliqué de susciter la peur chez les gens.

- Oui. On apprend à ne plus s'en faire, on se dit que c'est passager car c'est non fondé. Je ne veux de mal à personne. Disons que je deviens très bienveillante envers les gens car je sais qu'ils ont peur. Ce n'est pas réciproque il me semble, car ça ne doit pas leur traverser l'esprit que j' ai peur moi aussi, deux fois plutôt qu'une...

- C'est nul!

- Oui c'est nul! tu as peur comme tout le monde de crever dans une explosion, et tu as peur des gens qui te croient complice à cause de ta religion qu'ils devinent de ton nom ou ta couleur de peau et dont ils ignorent presque tout. Je finis par comprendre que les gens ont peur à cause de leur ignorance.

Sally reste silencieuse un moment encore puis elle dit: "je vais marcher dans Paris pour voir à quel point la ville ressemble aux textes de Guy de Maupassant".

Aelia répond par un éclat de rire assourdissant, "je n'ai jamais entendu quelqu'un dire ça! Tu te rappelles des textes de De Maupassant! Je ne m'en souviens pas du tout, et Dieu sait combien on en a bouffé au lycée! »

-    J'ai relu quelques textes dernièrement, c'est comme si je les lisais pour la première fois, en effet. Je trouve que ce monsieur décrit très bien les espaces. Je veux marcher dans tout Paris pour voir!

-    Peu importe le nombre de pas que tu feras pour visiter Paris, tu finiras par devenir une habituée de la boulangerie du quartier et du café au coin de ta rue.

-    Tu me donnes une envie d'ennui, je pensais qu'on ne s'ennuie pas à Paris.

-    C'est vrai! On ne s'ennuie pas à Paris, il y a toujours des choses à faire.

-    Après dix ans ici, tu dois la connaître par cœur.

-    Difficile de connaître Paris par cœur. Avec ses airs de ville immuable, elle change d'une vitesse incroyable. Ses vitrines changent, ses cafés changent, c'est comme une enfant turbulente, s'agitant, faisant des grand-écarts, sautillant pour attirer les regards, et tout ça dans un mètre carré libre au sol. Elle attire toujours les regards, et en même temps, c'est une ville avec une chronologie temporelle de dix siècles, elle étonne toujours. C'est une ville qui change ses spectateurs très vite, c'est ce qui change le plus dans cette ville il me semble.

- Tu connais le tableau de Caillebotte, Boulevard des Italiens?

- Je connais le Boulevard des Italiens, il n'est pas loin de chez moi, tu veux qu'on passe par là?

- D'accord.

Sally tape Caillebotte sur son téléphone et commence à défiler des photos de ses tableaux. Après quelques secondes, elle tend le téléphone à sa soeur:

- Regarde c'est le tableau: "Boulevard des Italiens".

Aelia lâche le bras de vitesse et tient le téléphone, elle le porte à hauteur du pare-brise pour garder un oeil sur la route tout en regardant l'écran, et vite elle retend le téléphone à sa soeur,

- Il est peint depuis un balcon il me semble, tu ne verras pas cela en traversant le boulevard en voiture! Et il fait plus beau qu'au tableau aujourd'hui, les feuilles des arbres sont toujours vertes maintenant, et il y a autant de monde sur les trottoirs, c'est un grand boulevard, il y a beaucoup de boutiques. Tu veux qu'on s'arrête pour y marcher un peu?

- D'accord.

- C'est une bonne période pour flâner à Paris. En hiver, il fera plus froid, il est moins agréable de le faire.

Aelia commence à rouler plus lentement pour chercher une place de stationnement, elle en trouve dans la rue Taibout. Avec des mouvements prestes et rapides, elle déclenche le signal de détresse, tourne les roues à gauche, fait marche arrière, tourne le volant à droite, les yeux se baladant entre le rétroviseur et le tableau de bord, elle avance quelques centimètres, redresse les roues puis arrête le moteur. "Allons-y".

Les deux femmes serrent leurs sacs à mains sous leurs biceps, portent leurs lunettes de soleil et s'apprêtent à remonter la rue pour arriver au boulevard des Italiens.

- Le temps est bon, à cette heure, les rues sont vides.

- Oui on ne se bouscule pas sur les trottoirs, il est trois heures de l'après-midi.

Sally marche dans la rue sans arbres, les yeux sur les façades des immeubles noyées dans la lumière du soleil. Fenêtres et balcons semblent s'aligner à l'infini, au point de ne pas savoir où finit un immeuble et commence un autre, sauf quelques exceptions de façades vitrées, et un ou deux hotels aux fenêtres coiffées de strores-banettes de couleur rouge-vif et ornées de pots de fleurs, des géraniums d'un vert et rouge vibrants.

-    Les façades se ressemblent beaucoup.

-    Oui, elles sont toutes différentes aussi.

-    Ça me rappelle mon voyage en Thaïlande, j'ai passé deux jours dans l'incapacité totale de faire la différence entre deux personnes.

-    Moi aussi en Chine, je voyais les gens tous les mêmes.

Les sœurs riaient à *pleins-dents pleins-coeurs* en continuant leur petite marche bras-dessus bras-dessous. Et elles ont dit presque simultanément: "je suis sûre qu'ils nous voient aussi tous les mêmes".

-    Voilà une façade bien différente, une baie vitrée. Elle casse un peu le rythme. Et celle du coin est aussi bien différente, très jolie! Je vois sur Internet ce que c'est.

Dans une habitude qui devient presque une nature de demander des informations en permanence à internet, Sally tape l'adresse sur Maps et trouve le nom de l'endroit, "La Maison Dorée".

Les deux sœurs marchent autour du bâtiment pour admirer ses trois façades, avant de s'arrêter devant son entrée principale, 20 boulevard des Italiens, où un panneau est dressé pour renseigner l'histoire du lieu.

- Tu ne vas pas lire ça maintenant! Tu peux le faire une autre fois!

- Je ne lis pas, je prends une photo.

- Vite, c'est une banque ici, c'est suspect de roder autour d'une banque comme ça. On est en mode alerte tout le temps avec les attentats.

- On ne rode pas! On regarde la façade!

Sally répond avec assurance, comme si elle est en train de répéter la phrase qu'elle allait servir aux quatre soldats armés qui arpentent le boulevard toute la journée;

- Tu as vu quelqu'un faire ça à part nous?!

- Non.

Sally répond tout en continuant à marcher autour du bâtiment les yeux au ciel, ou sur la façade, on ne saurait dire avec les grandes lunettes qu'elle porte, elles cachent la moitié de son visage. Puis elle tourne la tête vers l'autre côté du boulevard, et ses yeux tombent sur le toit du bâtiment du Crédit Lyonnais, elle s'exclame comme si elle avait fait une découverte:

- C'est le bâtiment du tableau de Caillebotte!

- Ah oui, il me semble!

Sally rouvre la photo du tableau sur son téléphone.

- C'est vraiment le bâtiment du tableau! A peine tu mets les pieds ici que tu commences à m'apprendre des choses!

Elle tient le bras de sa sœur et se dirige vers le passage piétons. "Viens, on traverse pour voir ce bâtiment de plus près". Aelia suit sans résistance. Elles font le tour des quatres façades du bâtiment, puis elles s'arrêtent devant la porte principale de dix-neuf, boulevard des Italiens.

- Là aussi on ne peut pas s'arrêter longtemps, c'est une banque et personne ne fait ça!

Dans un émerveillement enfantin, Sally compte les fenêtres pour s'assurer de la symétrie de la façade.

- Par ailleurs, il n'y a pas le dôme du coin dans le tableau.

- Montre-moi! Oui en effet, peut-être que le bâtiment n'était pas encore fini quand Caillebotte a peint son tableau.

- Peut-être, tu penses qu'il a dessiné ce tableau depuis le balcon de la Maison Dorée?

- Probablement, ou bien un bâtiment plus loin.

- On revient à l'autre côté pour s'en assurer?

- Allons-y.

Ce dialogue se passe entre ces deux jeunes femmes qui regardent tantôt la façade du bâtiment du Crédit Lyonnais, tantôt l'écran du téléphone, ou encore la façade de la Maison Dorée, autour d'elles des gens qui vont et viennent, pensant probablement qu'elles étaient des touristes perdues essayant de se localiser avec le téléphone, d'autres touristes, intrigués, s'arrêtent ou ralentissent et lèvent les yeux vers la façade du bâtiment du Crédit Lyonnais comme les deux jeunes femmes, ne voulant rien rater de la beauté de cette ville, et la plupart continuent leur route vite ne comprenant pas pourquoi ces deux femmes s'attardent dans l'observation.

Elles se dirigent vers le passage piétons, attendent le feu vert pour traverser, puis elles se pointent devant la Maison Dorée, encore une fois, en regardant vers le bâtiment du Crédit Lyonnais. Sally remet la photo du tableau sur l'écran:

- Regarde c'est la même perspective.

Les deux soeurs, les têtes se touchant à regarder sur l'écran - on dirait qu'elles se prennent en selfie - comparent les lignes fuyantes du tableau,

- Pas tout à fait, je crois qu'il était plus loin, au vingt-deux.

- On est au sol, Il était plus haut dans un balcon.

-       Oui, un balcon, regarde le séparateur en fer, on le trouve dans les balcons.

-       Le bâtiment du vingt-deux n'a pas de balcons.

-       Peut-être à l'époque il en avait.

Aelia et Sally, les têtes plongées dans l'écran, levant les yeux de temps en temps pour voir avec insistance les bâtiments, tournant à droite, derrière, finissent leur analyse sans vraiment trouver un accord sur la question: A quelle adresse était Caillebotte quand il a peint son tableau? Une bonne raison pour retourner marcher dans le boulevard une autre fois et visiter la Maison Dorée.

-       Tu n'as pas faim? On peut se poser quelque part, manger quelque chose.

Sally visualise les boites qu' elle a ramené dans sa valise les yeux au ciel,

-       Maman t'a envoyé pleins de repas: deux tagines, un poulet rôti, trois pastillas, des gâteaux au miel. Tu en as pour une semaine ou deux de repas.

L'odorat de Sally s'excite avec quelques souvenirs,

-       Superbe! Mon dernier poulet rôti à la marocaine remonte aux funérailles de la grand-mère d'une copine.

-       La grand-mère de Nouria, j'étais avec toi. C'était merveilleusement bon! Qu'est ce que j'ai mangé!

- Moi aussi! On avait faim, ils ont servi le déjeuner tard! C'était très bon! Sa mère est une très bonne cuisinière.

- J'ai l'eau à la bouche.

- Après j'ai eu honte, notre côté du plateau était vide.

- C'est plutôt les autres qui n'ont pas beaucoup mangé…

- Les sept autres…!

Elles se regardent et éclatent de rire simultanément, quelques passants, pris par surprise, tournent la tête pour découvrir la source de cette explosion de joie indécemment sincère.

- On prend juste un café et on rentre à la maison. Je n'ai pas de café chez moi, je dois passer au supermarché.

Elles marchent quelques mètres pour s'attabler au soleil qui commence à raser les façades des bâtiments dans sa course vers l'ouest, dans la rue devant les passants, au café Paradis du Fruit, tables monopieds, vertes, rondes et petites, chaises en rotin synthétique jaune et noire tressé en losange. Elles choisissent la dernière place de la ligne pour éviter la fumée des cigarettes, la table est décorée avec un cendrier et une fiche de publicité « happy hour », vite la serveuse se présente avec deux cartons du menu et un bloc-notes électronique. Sans prendre la peine de saisir les cartons, elles demandent deux cafés allongés.

Sally regarde avec curiosité les gens passer, pour la plupart des touristes, un sourire au visage. C'est le premier jour de sa nouvelle vie, il fait beau.

Elles n'ont pas tardé à rentrer, Sally devrait être épuisée par les quinze derniers jours avant son voyage. Aelia vit dans cet appartement depuis quatre ans, dans le 17e arrondissement de Paris, un deux-pièces qui donne sur une cour fleurie avec de grandes poubelles vertes, calme, ensoleillé dans les après-midis quand il fait beau.

-    De nuit, Paris est encore plus belle.

Dépaysements

Dans la tradition humaine, on parle souvent de quête et de mouvement à la recherche de confort ou dans la réalisation de soi. Une fois trouvés, on est plutôt dans une sorte de quiétude, d'équilibre de bien-être, de prévisibilité et de douceur de vie, et partir sur un coup de tête est rarement attendu. En même temps, on ne saurait dire à quel point un équilibre se transforme en une chute dans une routine qui n'a de bon que sa douce apparence qui continue à tromper les gens qui ne la vivent pas, car tout se meut avec le temps et le point culminant d'une vie ne pourrait être une fin aussi éphémère, banale, trompeuse, un confort dont la notion ne peut être que changeante comme l'est l'être lui-même, et s'obstiner à être dans le même état revient à s'asservir par une nostalgie du passé ou bien par le combat perdu de s'accrocher à des choses vouées à disparaître.

Comme ne cesse de le répéter Ritha, la mère de Sally « 'un chat ne fuit pas la maison de fête ', tu es payée, ton entreprise se porte bien, on te respecte, pourquoi veux-tu quitter? » dans une tentative de convaincre Sally de rester. « C'est ça la réalisation de soi pour toi, un salaire à la fin du mois, la maison de fête! » Réplique Sally pour ne pas laisser sa mère dans son monologue, bien que celle-ci a l'habitude de poser des questions rhétoriques.

Ritha est de la génération des fonctionnaires d'état, ceux qui ont été formés juste après le diplôme du brevet pour un métier ou une fonction, et après deux ou trois ans de formation, ils ont occupé des postes de fonctionnaires au sein d'un ministère ou bien dans une entreprise d'Etat et ils y sont restés, pour la plupart, toutes leurs vies actives, ont fondé des familles, ont eu une maison et peut-être une voiture, une maison secondaire pour les plus nantis, et ce cadre de vie leur prend trente ans de besogne et de crédits pour le construire et le vivre. Il est normal que Ritha limite le confort et la réalisation de l'être à la sécurité du travail et du revenu. Dans les années soixante-dix, la misère était très proche des gens qui n'ont pas de salaire fixe dans un organisme de l'Etat et de ceux qui sont payés à la tâche. Le secteur privé était trébuchant, l'agriculture nécessitait des terres et de la pluie, et le commerce du courage et du capital. Il est normal aussi que ses réflexions ne soient pas entendues par Sally, ses camarades essaient l'entreprenariat, échouent et réussissent, s'expatrient dans des pays exotiques, et préfèrent travailler au projet en freelance, monnayant leurs compétences avec liberté et au bon prix. Dans les années soixante-dix, les gens en freelance n'avaient pas bonne réputation, soit ils n'ont pas de compétence critique et ce sont des *taleb maachou* quelqu'un avec peu de ressources essayant d'assurer le pain de son jour, et entre lui et le mendiant il n'y a qu'un fil, et soit ce sont des gens indisciplinés qui n'arrivent pas à respecter les règles de l'organisation. Maintenant, les gens en freelance sont des profiles avec une compétence pointue et très sûrs de leur entreprise, ils n'ont pas besoin d'organisation pour prouver leur valeur. Le monde a beaucoup changé et il change chaque jour encore plus vite, les gens n'ont pas les mêmes attentes ni les mêmes rêves et donc leur empreinte dans le temps et la valeur des choses n'est plus la même.

Sally ne veut pas aller plus loin dans la discussion avec sa mère parce que bien des concepts ont changé en vingt ans et pour ne pas dire "je ne veux pas subir passivement l'inflation et la situation économique, je ne veux pas voir mon niveau de vie se dégrader comme un spectateur dans un match de football américain ignorant totalement les règles, parce que j'ai arrêté pendant quelques temps d'apprendre et de m'adapter". Sally affronte la vie avec la rage de son temps, la rage d'une génération qui a vu le monde changer en quelques années à cause des crises mondiales, des guerres et des inflations qui ont rongé le revenu de ses parents, au point de ne se rappeler d'aucun voyage. Et si la photographie n'existait pas, personne n'aurait cru que ses parents voyageaient, résidaient dans des hôtels étoilés, et visitaient le pays chaque vacances scolaires. Le niveau de vie de ses parents s'est dégradé de classe moyenne aisée à classe moyenne pauvre en quelques années. Le monde change encore plus vite maintenant, les sciences que Sally a étudiées à l'université datent de moins de cinq ans et elles sont déjà dans les usines et les industries. Elle sait que le changement est la seule vérité à prendre, avec cette vigilance inhumaine de prévoir et de guetter ce changement avant son arrivée. Tout va vite, au point qu'il est difficile de faire la différence entre opportunisme et paranoïa. C'est une qualité des visionnaires et des paranoïaques, pressentir le changement.

Sally préfère les réflexions de son père sur le sujet de son départ, le sujet tendance qui monopolise toutes les discussions de famille pendant ces dernières semaines. Les pensées de 'Hmedt sont plus subtiles, plus intemporelles « même un prophète ne quitte pas sa terre s'il n'y est pas contraint, Noé, Abraham, Moise, Jesus, Mohammed ». « On ne peut pas aller jusqu'à la contrainte non plus papa! Je vais changer d'air, apprendre des choses nouvelles, voir de nouvelles têtes » réplique Sally avec un air de beaux voyages dans l'esprit, pour feindre une conviction et un enthousiasme à l'idée du départ. En réalité, elle aussi ne sait pas grand-chose de ce qui l'attend, elle sera nouvelle dans un environnement nouveau. C'est une raison suffisante pour foncer se dit-elle.

Ces derniers temps, Sally ne supporte plus son entourage, les mêmes gens, les mêmes sarcasmes, elle veut se faire rare, réduire la dose de son existence, ses huit heures au travail lui paraissant insupportables, et chaque jour l'est un peu plus que le précédent. Elle pense qu'elle est un peu surmenée par son entourage, l'ennui habite ses heures bien qu'elle est tout le temps occupée, des ressentiments qu'elle n'arrive pas diluer, sa sensibilité qui atteint des seuils insupportables. Elle ne va pas expliquer cela à ses parents, ils seraient attristés de savoir qu'il y a un nouveau mal qui s'appelle le burn-out. Bien qu'il est possible qu'ils puissent l'aider, vu leur longévité dans le monde du travail et du vivre ensemble. Sally imagine le dialogue avec sa mère:

- Mama j'ai un burn-out… Un surmenage.

- Oh comme la fille de Fatima en classes préparatoires? Il te faut des médicaments? tu vas abandonner?

- Abandonner…! Je travaille! Il n'est pas sûr qu'on me prescrive quoi que ce soit.

- Oh comme le fils de Zakia qui a déjanté il a commencé à faire ses besoins dans ses vêtements!

- Je ne suis pas folle maman!

Sally, pour se faire comprendre, doit d'abord faire de la psychanalyse à ses parents qui ont vécu les traumatismes de leurs enfants et ceux de leurs amis, les échecs scolaires, les réorientations, le surmenage, le changement de carrière, la peur du chômage. Et au final, elle se dirait qu'il n'aurait pas fallu discuter le sujet avec eux!

- Rester au téléphone pendant trois heures à discuter peut rendre le cerveau liquide. Vous faites beaucoup de réunions!

- Non mama, mon cerveau n'est pas liquide, je ne supporte plus mon environnement, c'est simple, je ne trouve plus mes collègues sympathiques.

- Tu ne les a jamais trouvés sympathiques!

- Avant je ne portais pas beaucoup d'importance au sujet.

- Donc c'est toi qui a changé pas tes collègues.

- Oui. L'environnement n'est pas comme avant.

- Reste dans ton travail, il n'y a pas un travail parfait.

Voilà, la discussion aurait fini ainsi, il n'y a que dans les films où, après une discussion avec ses parents, ils diraient "si tu veux essayer autre chose vas y ma chérie, tu as tout notre support". C'est la meilleure version imaginée à cette discussion qui se passe dans une société qui ne va pas à la même vitesse dans tous les domaines, qui digère doucement les nouvelles théories sociétales, qui importe des produits finis, biens de consommation, méthodes, procédés et pensées, et qui trouve tout le mal à tordre ses coutumes, ses valeurs et ses principes pour trouver une place à tout cet import, surtout les pensées. Car pour qu'une nouvelle pensée devienne une valeur dans cette terre il faut du temps, et il faudrait qu'elle fasse ses preuves sur le terrain, cette bénédiction, cet orage, ce tsunami, où le résultat est la seule jauge pour l'adoption d'une nouvelle pensée. Ce terrain change aussi, et les modèles de prédiction ne sont pas fiables. C'est là où on se dit que c'est quand même bien d'avoir des valeurs immuables, qui même transgressées par quelques uns, elles restent des lignes directrices pour faire société, pour être societé.

Sally est ce qu'on peut qualifier d'employée exemplaire qui aime son travail, elle est fascinée par l'innovation dans son activité et trouve que son activité a beaucoup de sens, son employeur aussi, ce qui lui vaut des primes et des reconnaissances, en carton, en cristal, en métal. Elle a en plus cette envie de se distinguer, de faire différemment, une soif d'accomplissement avec une auto-motivation presque naturelle et cela s'avère irritant pour quelques-uns de ses collègues. Elle apprend vite et elle accepte toutes les missions, au bout de quelques années, elle pourrait prétendre aux plus hauts rôles dans l'organisation, ce qui pourrait déplaire à ses collègues, en grande majorité des hommes. Il n'est pas non plus évident d'avoir une femme à la tête des affaires. A Rabat, au tout début du vingt et unième siecle, l'espace des affaires est codé de manière masculine, une femme qui n'a pas hérité les affaires à son père ou à son mari est d'abord soupçonnée de mauvaise conduite, et plus tard décorée de compétence. Une décoration qui pourrait être bien fragile et éphémère. Sally préfère être une exception et attendre qu'elle soit rattrapée par la société qui est plus lente à son sens, que de se sacrifier sur le chemin de l'évolution de la société. Mais défier les codes tous les jours s'avère épuisant, puis révoltant.

Son ambition lui ramène aussi des commérages, des ragots et du mauvais œil. Les commérages sont des sources d'information fascinantes, ils se transmettent vite, chaque narrateur peut ajouter des faits et chaque récepteur peut comprendre ce qu'il veut pour les raconter à sa manière plus tard. Au bout de quelques heures, l'information, avec quelque peu de vérité, est chez tout le monde et elle est aussi plurielle que ce monde, aussi vraie que les sentiments qu'elle suscite chez chacun, car chacun la raconte avec un pragmatisme sentimental dont il ne soupçonne pas l'objectivité. Chacun raconte les commérages et garde les ressentis en lui, les rayonnant vers Sally. Cette dernière communication non verbale et non visuelle est le principe du mauvais œil, cette sorte d'énergie négative intense qui émane des gens qui n'aiment pas ce qu'elle fait, ou bien qui aimeraient être à sa place ou bien qui aiment beaucoup ce qu'elle fait, et qui impactent la personne concernée en sa présence et en son absence. Le mauvais œil ne touche pas les gens de la même manière ni avec la même intensité, il y en a qui sont plus réceptifs que d'autres. Sally finit par se convaincre qu'elle est fortement touchée par cette énergie qui l'entoure ces derniers temps, elle la rend plus susceptible, plus gaffeuse, bien qu'elle n'est ni plus ni moins *ragotée* que tous les autres employés.

-   Vous inhibez l'effet de l'observateur, le génie de la matière et de la conscience humaine en brûlant la pierre d'Alun dans une casserole sur le feu! dit Ali, le jeune frère de Sally, quand il croise sa mère en train de faire ce rituel de purification des énergies du mauvais œil.

Ali fait des études de physique à l'université de Rabat, et il est fasciné par la nature duelle de la matière, à la fois particule et énergie. L'effet de l'observateur ramène la matière en mouvement à un état prédictible quand ce mouvement est mesuré ou observé. Un photon qui est à la fois particule et onde, se comporte comme une particule quand son mouvement est observé et comme une onde s'il est laissé sans observation. La conscience de l'observateur oblige le photon à un état déterminé avec un mouvement, une trajectoire prédictible, alors elle change son devenir. Et c'est ainsi que Ali pense que le concept du mauvais œil peut trouver une explication dans la mécanique quantique. Quant à la relation entre la pierre d'Alun et de la purification de l'énergie de quelqu'un, cela relève de l'héritage ancestral qu'il ne pourrait pas encore expliquer avec les propriétés physiques d'un sel. Il charrie sa mère quand elle oblige toute la famille à faire ce rituel de purification, à chaque fois qu'elle reçoit la visite d'une voisine connue pour la force de son regard : " Nous allons proposer à l'étude ensemble une thèse de doctorat sur la pierre d'alun et l'effet de l'observateur, tu vas surpasser Neils Bhor mama, tu verras." Ghita pousse la tête de son fils au-dessus de la casserole en disant: "enfume toi et taies toi, penses-tu que je ne suis pas capable de surpasser Nilzbor!" Ali et Sally se regardent et éclatent de rire à l'unisson, ils savent que leur maman ne sait même pas qui est ce scientifique.

Si elle attire autant l'attention, c'est parce que Sally a une drôle d'actualité. les gens se marient, font des enfants, changent de travail, partent en voyage, tombent malades, des événements qui arrivent à tout le monde. Elle fait l'intérim du chef en Août, elle présente les résultats au siège de l'entreprise, elle se dispute au volant et elle se fait voler les roues de sa voiture. Et à chaque fois, il y a au moins un collègue avec elle pour en parler à toute la boîte.

Acheter une voiture était parmi les premières choses que Sally a faites après avoir travaillé, l'offre de la voiture ici se compare à l'offre en Europe, les nouvelles marques arrivent dans le marché en grandes pompes de publicités et d'offres de prêt, les banques font confiance aux jeunes, et acheter une voiture se fait en quarante huit heures, et c'est ainsi que Sally a changé trois fois de voiture, estimant à chaque fois qu'elle n'a pas pris les bonnes options ou la bonne marque, et c'était surtout parce que le véhicule de fonction était devenu un argument de rétention des employés.

La voiture de Sally, toute neuve encore, était stationnée à l'intérieur de la maison, dans le jardin, devant la voiture de son père et une porte en fer, une sorte de grille comme on faisait dans les années quatre-vingt qui laisse découvrir l'intérieur, plus basse que la végétation grimpante de lierre, de bougainvilliers, de rosiers et de jasmin. La voiture de son père n'a pas été touchée, la sienne a été laissée sur trois briques et un crique, les quatre roues ont été prises. On a également vidé le coffre où il y avait un carton de produits de test qu'elle devait apporter à ses clients le matin, ses chaussures de rechange et son sac de sport.

Sally faisait l'inventaire et la description des objets manquants, en pleurant. « Mais vous vous rendez compte si ces produits finissent dans le marché noir? Le lancement officiel est dans six mois, mon Dieu comment je vais expliquer ça à mon entreprise? » « Vous leur dites normalement, ça arrive ce type de choses ». « Ça vous est arrivé vous aussi? ». « Non, je n'ai pas perdu quatre roues de ma caisse » répond le commissaire qui est venu constater le vol, avec un sourire bref qui se devine plus qu'il ne se voit.

Quelques jours auparavant, Sally a eu une discussion avec son chef sur l'organisation des équipes, il n'y a que des hommes qui sont promus! Le chef a tenu à l'informer en avant-première, pour lui témoigner le respect, la reconnaissance, son importance dans l'entreprise. "Tu es informée avant les concernés et je souhaite avoir ton avis". Quelle ironie, son avis est pourtant simple à imaginer "si la promotion se base sur la compétence, je dois être la première promue!" Justement, son chef lui donne l'opportunité de donner son avis sur la nouvelle organisation, et les nouveaux responsables pour lui éviter de parler de sa propre situation et s'éviter l'embarras de la réponse. Elle a fini cette réunion convaincue que parce qu'elle est une femme on l'arrange pour ne pas lui donner plus de responsabilité, pour la protéger de la tyrannie des hommes au travail même en subordonnés, elle s'est sentie humiliée, malheureuse, bridée, incomprise et ne comprenant pas comment agir.

Avec la compétence comme critère principal de promotion, on l'aurait choisi elle au lieu de son collègue Filali-Giab, ils ont le même nombre d'années d'expérience et son registre de performance dans l'entreprise est nettement meilleur. Elle est rémunérée plus que lui, il est vrai, mais le salaire n'est pas carrière se dit-elle. C'est grâce à son nom de famille peut-être? Filali référant à la région de tafilalet, historiquement Sijilmassa porte du Sahara et du désert pendant des siècles, faisant la gloire d'un royaume, ou bien Giap, rappelant le haut dignitaire militaire du Vietnam, connu pour son génie de guerre et pour la défaite de l'impérialisme occidental dans la région, et qui était conseiller du cartel du programme de dépeçage du Maroc qui a continué après la fin du protectorat, des colonisations et des zones internationales. Ce nom est apprécié au Maroc car il rappelle la défaite des géants de guerre devant la détermination d'une nation.

"Ne t'inquiète pas, ton tour arrivera" son chef a fini par dire à la fin de l'échange, quand il a compris que son approche n'a pas trompé l'intelligence de Sally. Elle a répondu par un sourire et "bien sûr!"

Voilà, Sally venait d'enregistrer le sourire le plus sportif qu'elle a dû dessiner sur son visage, ramener sa bouche d'une position serrée et pendante, qui reflète son état d'âme, à une position de sourire. Bien qu'elle devrait juste bouger deux ou trois petits muscles pour déplacer les coins de sa bouche d'un centimètre et prétendre un sourire, c'était comme soulever cent kilos. Un vrai sourire engage tous les muscles du visage, quarante-trois, et surtout le muscle du cœur. Sally ne veut plus attendre, elle n'a plus de patience, elle n'a jamais été patiente. Trouver un autre travail? Tomber malade? Lâcher prise? La réunion a ainsi fini, des scénarios d'issue se déroulant dans sa tête, un sourire oublié sur son visage et un regard déçu.

Depuis cette réunion, elle n'a pas revu son directeur, et là elle doit lui annoncer le vol des produits de test. A cet instant cela lui paraissait une défaillance personnelle qui justifierait sa non promotion!

- Bonjour.

- Bonjour Belamin, comment vas-tu? Son chef l'appelle souvent par son nom de famille.

- Des produits de tests ont été volés de ma voiture.

- C'est grave! Ils peuvent tomber dans la main de la concurrence!

- Je sais, et elle éclate en pleurs, avec une boule qui s'accroche à sa gorge et qui bloque le son de sortir.

- Et toi? ça va?

- Oui, répond-t-elle avec beaucoup d'effort pour ne sortir que cette syllabe. Sa gorge s'est fermée pour ne pas exploser en hurlements et en pleurs.

- Comment cela est arrivé?

- Ma voiture a été cambriolée.

- Ta voiture a été volée?

- Non, les quatre roues et tout ce qu'il y avait dans le coffre, mes chaussures et les produits de tests…

Son chef a retenu son rire, il n'a jamais entendu quelqu'un se faire voler les roues!

- Ils t'ont laissé la roue de secours au moins? C'était une question blague, et Sally y répond!

- Ils ont laissé le cric sous le châssis, ils ont tout pris du coffre, même le triangle rouge.

- Tu as déclaré le vol à la police?

- La police est sur place, je vais partir au commissariat pour signer les procès verbaux.

- Je te rejoins pour déclarer le vol de la propriété de l'entreprise, j'appelle le juriste pour nous rejoindre, ne signe rien jusqu'à notre arrivée.

Le vol a dû se passer à l'aube, personne n'a rien entendu, les voleurs sont très efficaces, en vingt minutes tout au plus, ils démontent les quatre roues. Sally a été la première à découvrir le vol, elle sortait comme chaque matin la première pour aller à son travail, elle avait déjà pris son petit-déjeuner, préparé sa collation de midi en sac hermétique. Elle sort les mains chargées avec le sac d'ordinateur dans une main, le sac à main et le sac de collation dans l'autre, le châle à peine posé sur ses épaules, pour se protéger du froid en traversant le jardin, dans tous les cas elle va chauffer l'habitacle elle enlèvera le châle et le manteau très vite. Elle voit bien que la voiture est inclinée, mais elle ne réalise pas tout de suite que les roues manquent. A l'heure où elle sort, le jour commence à peine à vaincre la pénombre à l'horizon et aux cimes des hauts arbres. En ouvrant la portière arrière pour décharger ses mains, elle voit que la roue arrière gauche n'existe pas, ni celle de devant, elle fait deux pas pour voir l'autre côté, les deux roues droites manquent aussi, la voiture repose sur un crique, une pierre et deux briques. Elle retourne vers la porte de la maison en hurlant « la voiture a été volée, la voiture a été volée ». Sa mère qui était déjà dans la cuisine sursaute et sort dans le jardin. Laquelle? La mienne, ses roues. Il a fallu quelques minutes pour que toute la maison sorte regarder le drame, son père appelle la police et demande à ne pas toucher le véhicule.

La police n'a pas tardé à venir, deux policiers en tenue civile et un policier en uniforme. Le policier chargé de l'enquête était calme, il parle à voix basse comme dans un bureau, et il marche de manière très lente comme s'il fait un travail de routine quotidienne, il pose des questions précises, avec peu de mots : « A quelle heure vous avez constaté le vol?», « qui était le premier à le constater? » « Avez-vous des caméras de surveillance? », « et dans les maisons voisines? » « Les portes du jardin étaient fermées la nuit? » « Qui était le dernier à rentrer? » « Vous savez ce que vous avez perdu? ». Son collègue passe son temps à prendre des photos, le déclic de l'appareil est amplifié par le silence du matin. Dérangée par le bruit répétitif et nerveux, Sally interrompt ses réponses, et se met à pleurer. En sortant, le policier dit qu'il y a une mafia de voleurs de roues des voitures et qu'il faudrait contacter l'assurance.

Après avoir pris les photos des lieux, la police demande à Sally de les accompagner pour la rédaction du procès-verbal.

- Vous voulez venir avec nous ou bien vous nous rejoignez à 9h30?

- J'arrive à 9h30.

- C'est le commissariat de l'avenue El Mehdi Benbarka, celui qui est en face de la station de service. Vous voyez où c'est?

- Oui je vois, à toute à l'heure.

Le bruit de la ville commence à peine à dépasser le gazouillement des oiseaux quand Sally s'est assise près de la voiture sans roues, désolée, en train de rendre le fait possible dans sa tête, car elle est toujours sous le choc, entourée de son père et sa mère. Personne ne croit que c'est possible de voler les roues d'une voiture, et sa journée ne ressemblera pas à ce qu'elle a planifié la veille.

Sally est arrivée dans le poste de police presque au même moment que son chef et le juriste. Ce dernier est venu avec une solution parallèle bien spéciale, il a appelé un ancien ami et lui a demandé de l'aide pour retrouver les produits volés, l'homme connaît tous les marchés d'objets volés du royaume.

Après avoir fini les déclarations dans le commissariat, ils sont partis tous les trois, Sally, le juriste et son ami le policier au marché des objets volés. Le juriste est un homme qui est dans la deuxième partie de la cinquantaine, il a été avocat en robe pendant vingt-ans, puis il a décidé de troquer la robe et les marches des tribunaux pour les bureaux climatisés des entreprises multinationales qui s'implantent dans le pays depuis quelques années. Il s'est marié deux fois, et a divorcé deux fois, il vit seul et dit toujours que c'est la meilleure condition pour l'être humain. Ce qu'il fait ne s'enseigne pas dans les universités, ni avant ni maintenant, on l'apprend dans le terrain et on le transmet à qui on veut. Il ne compte transmettre rien à personne, ses enfants lui rendent visite le weekend, et aucun ne veut faire des études de droit. Le juriste a également éclaté de rire en regardant la photo de la voiture de Sally posée sur des briques. "Tu peux faire le buzz avec ça sur les médias sociaux. Comment dites vous les jeunes, fayzbook?" Il a l'air décontracté tout le temps.

"Ça vous dit de prendre un café d'abord"? Sally ne dit ni oui ni non, elle les accompagne. Allons-y!

Ils s'attablent tous les trois dans la terrasse d'un café donnant sur le boulevard. Ils commandent trois cafés, et ils arrivent à faire la conversation malgré le vacarme des voitures qui passent. Ils parlent de tout et surtout des marchés d'objets volés à visiter. L'ami du juriste, de temps en temps, reçoit des appels téléphoniques et parle de manière codée.

-    Il faut lâcher prise un peu, demain il n'y aura plus rien de tout cela.

-    d'accord, réplique Sally,

Sa réponse affirmative était pour la réception de la voix et non pour le contenu. Si elle doit sincèrement répondre à sa phrase elle dirait plus tôt: " je viens d'être cambriolée il y a deux heures à peine, c'est quoi ces conseils inutiles que tu me donnes, je suis sous le choc et en colère?!". Bien qu'avec l'expérience et très tôt dans la vie, on finit par apprendre la leçon de base, celle que rien ne reste, tout finit par s'oublier, disparaître, s'apaiser, ce n'est pas la première sagesse qui arrive à l'esprit quand on est au milieu de l'épreuve. C'est la sagesse la plus enseignée par la vie, la plus difficile à retenir et la plus dure à utiliser au bon moment, car la réalité la plus ignorée des choses est leur altération, leur disparition, leur changement, et on est pris au dépourvu tout le temps par cette réalité banale.

Le "demain" du juriste ne voulait pas dire 24h après, il faisait référence à un futur proche et insinue que ce qui arrive n'est pas très grave, que même des banques avec des portes blindées et cinq sous-sols se font cambriolées, qu'elle a la chance de ne pas être présente pendant le vol… Cette manière de voir les choses reste très prématurée pour Sally. Deux heures est un délai très court pour cette jeune femme pour se rendre à cette sagesse, peut-être deux ou trois jours serait un délai convenable! Avoir des choses et perdre des choses fait partie du mouvement de la vie, c'est la règle du jeu. Quid de la manière de ce mouvement, heureusement les pertes et les avoirs honnêtes sont toujours majoritaires.

"Je vais prendre un cappuccino à emporter et je paie l'addition". Elle se dirige vers le comptoir sans attendre la réponse.

-    Cette jeune génération est frivole et légère, elle oubliera vite et voudra même acheter une autre voiture…

-    Oui ça ne m'étonne pas!

-    C'est l'assistante du chef?

-    C'est une chef. Elle est ingénieur et gère une équipe d'ingénieurs.

-    Elle est très jeune! Et une femme! On ne dirait pas qu'elle est chef!

-    Elle est compétente, donne lui encore deux ans elle deviendra ma chef moi aussi…

-    C'est pour ça que tu la laisses payer la note!

-    Oui, elle va nous régaler au déjeuner aussi!

-    Et elle pleure pour des roues de voiture!

-    La jeunesse! On a vieilli Monsieur l'ex Commissaire.

-    Parle pour toi! Moi je suis toujours jeune, je bois le cappuccino moi aussi!

Ils éclatent de rire. Ils ont à peu près le même rire, une voix étouffée, un visage qui rougit, des yeux qui mouillent, un ventre bien devant qui bouge au rythme des épaules et ils finissent tous les deux leur rire en toussant, juste au moment où Sally revient vers eux.

Il est de ces tendances qui marquent une génération. Le cappuccino est devenu une boisson populaire dans les cafés de Rabat avec la génération de Sally. Un café Espresso avec de la crème décorée avec de la poudre de cacao. Voilà ce que boivent les jeunes maintenant. Une génération plus tôt n'aurait probablement pas la même relation avec cette boisson, elle ne la reconnaîtrait même pas! Une génération plus tard la trouvera probablement banale et disparaîtra des cartes des cafés.

Sally revient s'asseoir, à la main un gobelet fermé.

- Tu as des photos des téléphones volés?
- Oui les voilà,
- Tu as les numéros de série?
- Oui.
- la couleur?
- Oui. Tous gris clair.
- On n'y va?!
- D'accord!

Installée au siège arrière, Sally a passé la route à parler au téléphone, elle a appelé son client pour informer de la non disponibilité des échantillons de test, puis l'assurance pour coordonner le remorquage de la voiture au garage, car elle ne sait pas si seulement les roues qui ont été volées ou bien d'autres pièces, elle a informé le concessionnaire et a demandé un devis de 5 roues complètes. Elle a appelé deux ou trois fois son père et sa mère pour les rassurer que tout allait bien.

Elle a fini ses appels à l'entrée de Casablanca. Ils sont partis directement au marché de nuit. C'est là où atterrissent la majorité des téléphones volés la nuit. Le commissaire a parlé avec deux ou trois stands de marchandise puis ils sont partis tous les trois s'installer dans le café à l'entrée du marché. quinze minutes plus tard, un jeune homme vient avec une boîte à la main. C'est la boîte des échantillons. Sally vérifie la boite les numéros de série, c'est bien ses téléphones.

Elle appelle son chef pour lui dire qu'elle a eu les téléphones grâce à son collègue le juriste, et elle a dit "Toutes les boîtes sont ouvertes, je ne pense pas qu'on peut les donner à nos clients, je vais demander un autre lot de test." Les deux hommes près d'elle se regardent pour se dire la même chose silencieusement "voilà, elle reprend vite ses esprits!" et il y a au moins l'un des deux qui a pensé à prendre une pièce pour son usage personnel. Il était déjà treize heures quand ils ont quitté le marché. Sally propose d'aller déjeuner avant de prendre la route vers Rabat. La police continue son enquête.

- Vous allez me laisser un téléphone?

- Avec plaisir mais pas de ceux-là, ils sont pour test, Ils ne sont pas encore homologués. ton téléphone de test arrivera jusqu'à chez toi.

Sally, depuis longtemps, a une réponse toute prête pour répondre à cette question. Partout où elle va, les gens veulent avoir des téléphones gratuits, toutes classes sociales confondues. Si une usine de téléphones donne des unités gratuites à dix pour cent de la population, soit elle fera faillite soit elle doit augmenter le prix pour ceux qui en achètent. La demande du monsieur est un désir subconscient de vouloir une récompense, un bien cher gratuitement, ou bien d'avoir une édition avant tout le monde, il mérite une réponse polie.

Après sa fameuse réunion désagréable avec son chef, Sally est revenue s'asseoir à son bureau et elle a continué son travail. Elle a travaillé sur un dossier jusqu'à vingt heures. Elle a raté sa séance de sport par une envie délibérée de céder à cette démotivation qui succède à la déception. Elle savait qu'elle n'était pas très concentrée, c'est pour cela qu'il lui a fallu plus de temps pour finir la préparation pour la réunion de demain matin. Elle s'est dite " je partirai à la salle de sport le matin avant le travail". Et elle est restée dans cette salle de réunion avec ce faux sourire qui s'est accroché à ses lèvres comme une colle. On dirait que le cerveau est comme l'estomac, il a également du mal à digérer certains événements, et tant qu'ils ne sont pas digérés, ils sont en première ligne de la pensée. Alors, le compte rendu de la réunion a occupé son esprit dans la soirée, au sommeil et au réveil, elle a encore la scène du sourire et du "bien sûr" en première liste des pensées qui traversent son esprit. C'est là où la routine est bénéfique, elle parvient quand-même à se préparer sans trop se concentrer, ses vêtements de travail, ses vêtements de sport, sa trousse de douche, son maillot de bain. Et elle se retrouve quarante minutes après dans une salle de sport déserte, seuls une hôtesse et les agents de nettoyage sont là. Les cours commencent à neuf heures. Elle se met dans la salle de yoga avec un ballon, un tapis et elle fait quelques mouvements, puis elle fait cinq minutes de sauna et prend une douche.

Elle a continué à avoir le même nuage de pensées après sa séance de sport. Au feu rouge, un taxi la dépasse de manière agressive, roule sur le passage piétons, se met devant elle et il commence à reculer, il veut déclencher un accident où Sally serait fautive. Comment cela pourrait être possible! Elle commence à klaxonner pour qu'il s'arrête, puis plusieurs autres voitures qui observent ce qui se passe commencent à klaxonner pour empêcher l'accident. et un homme du gabarit du juriste sort de sa voiture pour frapper à la vitre du chauffeur de taxi.

Le taxi est une Fiat Uno bleu, tous les taxis de Rabat ont la même couleur, une initiative d'homogénéiser le parc de ce moyen de transport. Une grande majorité de ces taxis sont de la marque Fiat, c'est probablement le résultat d'un partenariat entre le ministère des transports et le constructeur pour la fourniture des voitures aux chauffeurs. La majorité sont très délabrés par l'usage, le manque d'entretien et l'optimisation du capital à vouloir utiliser une voiture jusqu'à l'effondrement ou la disparition totale des pièces de rechange du marché et de toutes les fourrières du royaume, une vitre qui ne descend pas, une porte qui ne se ferme pas ou bien un pare-choc absent est chose courante, tout ce qui n'entre pas dans la réglementation du code de la route est accessoire. Ainsi, excepté les feux, la plaque d'immatriculation et le numéro d'agrément du taxi, tout est accessoire. Chauffeur de taxi est un travail qui demande peu de qualification à l'accès, un permis B de plus de cinq ans, savoir compter l'argent et rendre la monnaie, connaître la carte de la ville et ce qui s'y passe également, car il est de coutume de donner le surnom d'un endroit, un événement, un marché, une foire, en guise d'adresse de destination. Ces dernières années, la demande est grande pour le transport en commun et on a commencé à voir beaucoup de voitures bleues sur les routes de Rabat. La formule du taxi bleu est magique, elle répond au besoin de la population en transport et en création d'emploi.

La voiture neuve sans égratignure et bien lavée de Sally contraste avec le taxi délabré qui veut déclencher l'accident. Ainsi étaient les routes de Rabat, des voitures neuves de la dernière version des meilleures fabricants de voitures au monde, et des voitures dignes des fourrières, roulant dans des routes en cours de construction, d'agrandissement et de réaménagement. Le chauffeur de taxi voulant maximiser ses gains, finit par croire que la route est à lui, et toutes les autres voitures réduisent son gain en lui barrant la route. Pendant trente secondes, Sally a senti une injustice immense et une incapacité d'agir. Les raisons que le chauffeur a donné pour son acte est que Sally lui a intentionnellement barré la route et a donné un coup de frein, et il a failli percuter sa voiture. Si tout cela est bien arrivé, c'est totalement à l'insu de Sally. A son insu aussi, sa collègue qui fait la même route a vu toute la scène, elle est arrivée plus tôt au bureau et elle a raconté les faits à tous ceux qui ont franchi la porte de la cafétéria, pendant la pause du thé à la menthe du matin.

Deux jours avant son départ, Sally a eu comme une hésitation qui l'a amené à ordonner ses pensées sur les raisons de son départ, les tyrannies de l'établi, du pauvre et du parvenu ne sont pas les raisons principales, endurcie comme elle est il faudrait beaucoup de tyrannies pour la casser, et son corps capitulera probablement le premier; ni son sentiment d'être une étrangère dans le seul pays qu'elle a connu, parce qu'elle sort de la ligne du commun. C'est son incapacité à imaginer la prochaine marche dans sa vie et le manque d'exemple pour ce qu'elle souhaite être qui l'amènent à partir ailleurs. Elle ne sait pas comment devenir une grande directrice à la tête des affaires, et personne ne lui a pavé le chemin à ce jour, fille d'enseignants qui ont passé toute leur vie professionnelle en classe, devant un tableau en ardoise et de la craie blanche dans les poches de leurs tabliers blancs. Petite fille d'agriculteurs et de constructeurs de khattartes, elle n'a personne de proche à observer et qui pourrait lui servir d'exemple dans cette

fièvre du progrès et lui donner des conseils. Elle va
chercher l'exemple ailleurs.

65

Proche des yeux …

A Paris, le seul moyen de voir le coucher du soleil à son heure dans l'horizon lointain est de vivre dans le dernier étage d'un immeuble entouré d'immeubles moins hauts, de monter dans la tour Eiffel, la tour Montparnasse, la tour Jussieu ou bien la grande roue du jardin des tuileries. Et chaque beau jour a ses privilégiés qui pourraient suivre la course du soleil jusqu'à la tombée de la nuit, un club exclusif. Une mode est ainsi née dans la restauration consistant à aménager les toits terrasses en espaces conviviaux et les ouvrir à un public bien sélectionné, la mode des rooftops, des perchoirs, où l'on pourrait admirer le soleil perdre ses rayons et changer de couleur d'un blanc luisant à un jaune pale, puis un orange pamplemousse. Et à la tombée de la nuit, les reliefs d'ardoises et de zinc disparaissent dans une beauté de pénombre, de lumières des rues et des fenêtres, et de fraîcheur.

Les moins privilegiés assistent rarement en direct au crepuscule et c'est le changement de couleur des nuages blancs au ventre du ciel qui le leur annonce, comme ce jour. Blancs éclatants, ils ornent le bleu comme des fleurs de coton bien mûres. ceux qui se trouvent à l'ouest commencent premiers à changer de couleur, ils se teintent d'un coté de rose et de l'autre de mauve, et ces deux couleurs s'entremêlent dans des nuances ephèmeres et infinies, le soleil les aspergent de couleurs de l'univers à son passage. Les traînées des avions sont toujours blanches, luisantes car elles sont bien plus hautes dans l'atmosphère, tellement hautes qu'elles regardent plus longtemps le disque du soleil et elles deviendront roses quand le ciel sera plus sombre, un sombre qui s'intensifie subtilement, éteignant tout ce qui se trouve dans l'atmosphère, le mauve des nuages et le rose des traînées d'avions, et dévoilant quelques étoiles brillantes et lointaines, et les feux clignotants de quelques engins volants. De la fenêtre de l'appartement, Sally et Aelia ont vu le soleil disparaître derrière les bâtiments quelques heures avant le crépuscule qu'elles ont admiré plus tard dans la couleur des nuages et des traînées blanches des avions, comme la plupart des habitants de Paris.

Elles ont dormi dans le même lit cette nuit. Dans ce petit appartement, il y a deux meubles de repos, le lit large qui remplit avec l'armoire et la table de chevet les deux tiers de la chambre, et le sofa convertible dans le petit séjour qui, déplié, laisse à peine le chemin pour traverser la pièce. La grande fenêtre et le grand miroir qui lui fait face trompent l'exiguïté de la pièce pendant quelques secondes. Les meubles, choisis probablement pour leur bas prix et leurs fonctions, se présentent avec une harmonie égarée et une esthétique difficilement perceptible. Un bonheur du jour, probablement chiné un soir dans les rues de Paris, côtoie deux tables basses rondes, plateau en marbre et pieds en acier, trois chaises et une table de jardin en bois, pliables rangés dans le coin adossés les uns sur les autres sur le mur. Aelia dresse cette table lors des grands repas, comme hier pour l'arrivée de sa sœur, elles ont mangé la pastilla au dîner et ont digéré avec un thé à la menthe, longuement et lentement. Elles ont parlé hier des heures durant avant de dormir, pendant qu'elles sirotaient leur thé, pendant qu'elles faisaient leur toilette, puis face à face dans le lit, sous la lumière faible de la rue, Sally sur son côté droit, Aelia sur son côté gauche, les jambes accroupies, les pieds dans des chaussettes de laine et les téléphones par terre, celui de Aelia vibre de temps en temps, elle s'empresse à dire « c'est rien c'est une notification, continue! ». Elles ont parlé jusqu'à l'endormissement.

Sally se réveille la première avec le jour qui s'infiltre à travers le rideau de toile, peu opaque et à travers ses paupières qui se sont entrouvertes naturellement à cette heure. Elle se sent bien reposée, elle a du dormir sept ou huit heures. Elle sort sa main pour toucher l'écran de son téléphone, il est huit heures en effet, mais elle ne sait pas quand elle s'est endormie. Il fait frais les matins de Septembre, elle ressent la fraîcheur suspendue dans l'air inerte de la chambre sur son nez et son front, elle roule le bout de la couette sous ses pieds en serrant les orteils et continue sa somnolence volontaire en essayant de se rappeler ce qu'elles se sont racontées hier soir. « Nous pensions à ce que nous pourrions faire le lendemain dans la soirée, c'était l'un des sujets … Je n'ai pas de préférences et je ne connais pas la nuit de cette ville. On peut m'entrainer presque partout pourvu qu'il y ait une bonne animation et des gens. Aelia m'a parlé d'endroits branchés, j'ai bien aimé l'endroit où les employés ponctuent leur service avec des pauses de danse, elle m'a parlé de théâtre, et de restaurants plein air ." Une porte claque dans le palier et réveille Sally de sa narration, c'est dans un étage au dessus ou dans le même palier, puis deux bips aigus retentissent, c'est probablement l'ascenseur, puis le silence s'est installé ramenant Sally à sa somnolence délicieuse. Quelques minutes après, une sirène d'ambulance ou de police la réveille un peu plus, et elle décide de se lever, il est huit heures quarante trois. Elle se soustrait doucement au lit pour ne pas réveiller Aelia qui continue à dormir, accroupie avec une respiration très lente et un visage fendu sur l'oreiller. Elle se glisse dans la salle de bain, et s'assure de bien fermer la porte avant d'allumer la lumière et l'eau.

Elle cherche les draps de bains dans deux tiroirs sous le lavabo, les seuls rangements de cette minuscule salle de bain, elle trouve pleins de flacons et aucune serviette.« Qu'est ce qu'elle fait de tous ces flacons? » Sally se met à regarder et à lire les étiquettes de toutes couleurs, des crèmes, des lotions, des sérums, des gels douches, des mini-doses de voyage, des flacons avec des noms d'hôtels, des flacons neufs encore scellés, d'autres à moitié finis, d'autres périmés, une bonne dizaine de bouteilles de parfum. « Qu'est ce qu'elle fait avec tout ceci?! La dernière fois je suis venue, il y a à peine un an, il n'y avait pas tous ces produits ici! ». Les seules serviettes dans cette salle de bain sont suspendues Les unes sur les autres, elle ne sait pas laquelle elle pourrait utiliser. Sally referme les tiroirs et entre sous la douche qu'elle a laissé couler pour chauffer l'eau et l'air. Elle se lave une charlotte sur la tête, question de garder ses cheveux coiffés. Et là aussi, elle a l'embarras du choix pour les gel-douches, trois bouteilles différentes et un seul shampoing. Elle a laissé l'eau couler le long de son corps en alternant épaules gauche et droit, poitrine et dos. Puis, elle se roule dans la première serviette suspendue et elle éteint la lumière avant d'ouvrir la porte de la salle de bain. Aelia est déjà réveillée, toujours allongée dans le lit, le téléphone à la main.

- Bonjour, tu as bien dormi?

- Oui et toi?

- Très bien.

- J'ai utilisé le drap de bain suspendu, je n'ai pas trouvé d'autres.

- Ce n'est pas le mien, j'utilise le peignoir.

- Il est à qui?!

-     C'est le mien! mais je ne l'utilise pas en ce moment, j'ai dû le laisser sécher suspendu.

-     Tu en as des produits dans tes tiroirs!

-     Ha oui, il faut que je fasse le tri, on peut le faire ce matin si tu veux, puisqu'on s'est levé avec les boulangers.

-     C'est tôt 9h?!

-     C'est tôt pour un Samedi, tu vas crever avant midi, heureusement je t'ai parlé un peu de la nuit à Paris, tu ne la verras peut-être pas aujourd'hui!

-     Je me suis levée sans alarme! Toi aussi j'imagine, ou bien le bruit que j'ai fait t'a réveillé…En regardant Aelia dans les yeux à peine ouverts.

-     Pas plus que mes voisins. On fera une sieste!

Elles ont passé la matinée à la maison sans observer le temps passer, à alterner, sans une vraie séparation, des activités de repos et de rangement. Elles ont petit-déjeuné en cherchant à réserver un endroit pour le soir. Elles ont refait un thé à la menthe pour se désaltérer en rangeant les tiroirs de la salle de bain, en écoutant la musique et en se levant pour danser quand une chanson leur plaît. Mis au sol, les produits cosmétiques couvrent facilement deux mètres carrés.

-       Comment tu as fait pour avoir tous ces produits?

-       Je ne sais pas, la publicité! La recherche du produit idéal!

Les publicités sont partout, dans la rue, sur le téléphone, dans les murs, dans les boîtes aux lettres, dans les boîtes de courrier électronique. Les promesses sont aussi merveilleuses que la baguette magique. Avec un espoir, un désespoir ou une candeur inguérissables, il est facile de se trouver à acheter des choses dont on ne sait pas s'en servir. Aelia achète quand elle a besoin de se faire plaisir, quand elle est triste, contrariée, frustrée, seule, quand elle a peur, si elle aime l'affiche, quand il y a une promotion… sans raison parfois, juste pour ne pas revenir chez elle les mains vides, parce que la démonstration de la vendeuse était convaincante, parce qu'à force de ne pas trouver ce qu'elle veut, elle prend ce qu'elle ne veut pas. Et elle garde tous ces flacons parce qu'elle a tout autant besoin de croire que ses états d'âmes sont emprisonnés dedans, et parce qu'elle n'est pas encore au point de sincérité avec elle-même pour s'avouer que les achats d'humeur ne fonctionnent pas et qu'elle ne fait pas bon usage de l'argent,

-       Tu les utilises au moins?

- J'ai essayé la plupart oui. Souvent j'achetais les produits en double. Tu sais, quand tu utilises un produit pour la première fois et tu trouves qu'il est génial, c'est l'effet lune de miel! Et par peur de ne pas le retrouver plus tard, tu t'empresses d'acheter un deuxième, un troisième flacon. Et finalement je m'en lasse au premier flacon ou bien mon corps développe des résistances… Je fais des achats compulsifs, des achats de substitution.

- Le coût du produit est marginal dans la plupart des flacons, le reste c'est la marque et la publicité.

- Je sais cela malheureusement, aider des nécessiteux est certainement meilleur pour mon âme, ou mes états d'âme.

- Il y a un an tu n'avais pas tous ces flacons!

- Non, en effet! Il y a un an je vivais bien avec mes petits problèmes.

- Tu peux me raconter si tu veux, je peux peut-être aider.

- Ne t'en fais pas. Les problèmes ça va et ça vient, ce n'est pas important. Tout le monde a des problèmes. Réplique Aelia en changeant le mouvement de ses mains et la règle du rangement. Elles se sont mises d'accord de ranger les produits par type d'usage. Elle se met à aligner les flacons de la même taille, en prenant pour mesure une fente entre deux lames de parquet.

Sally n'insiste pas et se tait, ses mouvements commencent à mimer ceux de sa sœur, elle aligne les flacons de parfums sur une autre ligne de jointure du parquet. Aelia se dilue dans la foule des gens qui ont des problèmes, et elle ordonne des flacons pour contenir ses paroles, elle a probablement des soucis insolvables.

Sally se rappelle de la dernière fois où sa sœur a eu cet état d'âme. C'était au lycée, elle est partie à une fête boum sans le dire à ses parents et elle a perdu son cartable. Pendant trois jours, elle rangeait ses affaires dans un classeur portefeuille et elle partageait les livres avec ses camarades de table. Elle n'a pas osé le dire à ses parents pendant trois jours et elle a changé de comportement. Elle s'est mise à aider dans le ménage, dans la cuisine, à arroser les plantes sans rappel. Ce changement de comportement est passé inaperçu chez ses parents, peut-être parce qu'il était positif, comme c'est une corvée en moins de ne pas demander à ses enfants ce qu'il faut faire, ou peut-être parce que les parents aiment croire qu'en répétant la même chose à leurs enfants, ces derniers finissent par prendre l'initiative et la faire sans relance. C'est un moment de satisfaction de la réussite de leur éducation. Le troisième jour, Aelia avait l'éducation physique au programme et elle a pris le déodorant de sa mère qui s'en est aperçu très vite en sentant sa fille, et de discussion en explication, ses parents ont fini par apprendre la vérité.

La boum s'est passée dans la maison d'un élève qui a saisi l'opportunité de l'absence de ses parents pour organiser cette fête. Les voisins ont prévenu les propriétaires, et l'oncle de l'élève a débarqué, les enfants étaient obligés de partir vite sans leurs affaires, le cartable de Aelia parmi d'autres est resté dans un rangement dans cette maison qui lui est parfaitement inconnue, où elle a été entraînée par une camarade de classe. Elle attendait avec sa camarade Samedi après-midi pour aller chercher son cartable. Ritha était choquée par cette mésaventure, elle ne sait pas comment tout cela pourrait être caché pendant trois jours! Elle a enfilé sa Djellaba, elle a embarqué sa fille dans la voiture et "Devant moi, montre moi la maison où tu es allée".

A la deuxième ou la troisième sonnerie, la maîtresse du foyer est sortie leur parler, "j'ai un rangement plein de cartables, et mon fils croit que je ne l'ai pas vu. Ces enfants sont des jnouns pas des humains. (Jnoun pluriel du mot jin, qui signifie en langue arabe : caché, imperceptible par les sens). Entre ma fille pour chercher ton cartable". Aelia, le visage rouge totalement muette et la tête inclinée vers le sol, se précipite à l'intérieur de la maison et cherche son cartable. Aussitôt revenue sa mère lui demande de l'attendre dans la voiture. Elle a exécuté précipitamment comme si c'était la chose qu'elle espérait entendre. Dans la rue vide, on entendait le bruit d'une conversation, le gazouillement des oiseaux et le bruit des voitures qui passaient dans la rue parallèle, plus fréquentable. Aelia a baissé sensiblement la vitre de la voiture pour écouter la discussion entre les deux mamans, qui est devenu une séance de plaintes et de support psychologique.

-	On ne peut plus laisser la maison vide maintenant, moi ou son son père restons à la maison, ou bien on l'emmène avec nous. Mais cette fois il avait des cours et on devait partir son père et moi à des funérailles à la campagne. Il est en train de refaire le bac pour la troisième fois et il fume maintenant. On ne sait plus quoi faire. Sa sœur, plus jeune que lui, est partie continuer ses études à Casablanca. Son cas est désespérant. Quand il était encore enfant on arrivait à le punir, maintenant, ses épaules ont dépassé les nôtres et il rase la barbe, on fait de la diplomatie. Ni son père ni moi ne fumons. Et certainement il a essayé toutes les addictions. Il nous a ruiné le programme de notre vie.

-	Ils grandissent vite, et ils nous font peur. Cette fille a à peine 15 ans, elle ment et elle cache des choses graves.

-	Je te prie de renforcer la vigilance, les enfants glissent très vite vers un mauvais chemin à cet âge. Et cela commence souvent dans ce type de fêtes.

Ritha a fini la discussion avec cette dame, encore plus inquiète et désemparée et moins en colère. Elle ne dit pas un mot pendant tout le chemin du retour, ne sachant pas quel ton utiliser avec sa fille. Aelia respecte ce silence, et redoute la prochaine discussion avec ses parents. La dernière phrase de la dame continue à résonner dans ses oreilles comme un sortilège ou une malédiction qui allait la rattraper tôt ou tard. "Quand est-ce que je vais glisser?" Une drôle d'attente, un drôle d'inconnu. A cette pensée, ses plantes de pieds fourmillaient comme quand elle apprenait les rollers enfant, par peur de perdre l'équilibre et de tomber, elle serre davantage son cartable posé sur ses genoux.

Le pire des mauvais chemins que Aelia imaginait est d'avoir de mauvaises notes et ne pas pouvoir choisir ses études supérieures, probablement parce qu'elle ne pourrait pas imaginer pire par candeur infantile. Près d'elle sa mère pensait à l'un de ces pires qui pourraient ruiner totalement une vie jusqu'à l'anéantissement, la drogue, tomber enceinte. Aelia se rend compte qu'elle n'a aucune justification valable à donner, ses parents l'ont toujours laissé assister aux fêtes de ses camarades, cette fête n'était pas une. Tout ce qu'elle pouvait faire c'est de promettre de ne plus aller quelque part sans leur accord, une promesse qu'elle a tenue longtemps, jusqu'à sa venue à Paris pour ses études universitaires.

-    J'utilisais souvent tes cahiers de cours de mathématiques au lycée, ils étaient très bien écrits et colorés, le titre du cours encerclé, le grand titre de paragraphe en rouge, le petit en vert, et parfois je trouvais même des titres pailletés, tu te souviens de ces stylos avec des encres orange rose bleu ciel et en paillettes? Le début du cours des séries était écrit seulement en bleu, et les titres seulement numérotés et soulignés. Mais je l'ai coloré avec des marqueurs Stabilo en rose et vert fluo.

Le début du cours des séries coïncidait avec l'incident de la boum et les trois jours où Aelia n'avait pas sa trousse. Sally partageait la chambre avec sa sœur, elle s'est rendu compte que quelque chose n'allait pas.

Mais elle n'était pas dans la dellation. La dellation était la spécialité de leur frère, le plus jeune.

-       Je peux te prendre quelques produits?

-       Oui bien sûr. Dit Aelia, presque soulagée que sa sœur n'insiste pas sur le sujet des problèmes.

La moitié des produits partent à la poubelle, Sally prend cinq étuis neufs, le reste revient au tiroir rangé en quatre quarts, crèmes d'hydratation, crèmes de nettoyage, maquillage et parfums. Le premier tiroir devient tout à coup plus facile à utiliser. Dans le deuxième tiroir, Aelia range les serviettes suspendues. La salle de bain est devenue plus spacieuse. "Il faut s'abstenir d'acheter des produits cosmétiques pour au moins deux ans", dit-elle dans un accès de raison. Sally lui réplique : "il faut aussi arrêter de ramener les échantillons des hôtels, tu ne les utilises même pas!"

Après cette petite labeur, les sœurs ont déjeuné avec une autre boîte repas de leur maman, il était déjà trois heures de l'après-midi quand elles ont fini de manger. Ainsi se révèle la beauté des jours de congés où l'heure n'est pas importante, le temps se pare par l'envie, moins par le devoir, et chaque activité prend le temps qu'il lui faudrait, non pas le temps qu'il lui est alloué. C'est ainsi que les moments de la vie prennent toute leur grandeur, et s'enracinent dans la vérité du temps.

Elles sont revenues s'affaler dans le lit devant la télévision, à regarder une rediffusion d'un jeu de société. De temps en temps, Sally ballade son regard dans l'appartement. Elle a rendu visite à sa sœur plusieurs fois dans cet appartement, mais elle le regarde différemment cette fois, elle s'imagine vivre longtemps dans un espace de trente mètres carrés rangements compris. Il faudrait de bonnes aptitudes d'organisation pour ne pas se sentir en déménagement permanent, se dit-elle. Aelia s'assoupit la première, la tête mal posée sur l'oreiller, elle se met à ronfler, d'abord doucement puis son ronflement augmente crescendo la réveillant en sursaut. Sally l'observe passivement en souriant, elle se rappelle les souvenirs quand elles se partageaient la chambre à la maison, et quand elle dormait au salon à chaque fois elle avait des examens, elle ne voulait pas se réveiller au milieu de la nuit à cause des ronflements de Aelia.

Aelia regarde sa soeur avec des yeux dormants, elle pose correctement sa tête sur l'oreiller et elle couvre son visage en disant « réveille-moi à cinq heures pour nous préparer à sortir » avec une autorité de grande sœur, sans attendre vraiment une réponse de Sally, comme si celle-ci allait rester réveillée. Cette dernière fait la même chose, elle baisse le son de la télé, règle l'alarme de son téléphone et essaie de dormir, bercée par le son à peine audible de la télévision et par le bruit de fond de la rue parisienne languie par l'ardeur du soleil de cet après-midi.

-    Tu enlèves un vernis pour en mettre un autre!

-    Il a été raillé avec le ménage, et le rose ira mieux avec ma tenue; dit Aelia en étalant une couleur rose-bonbon sur ses ongles, dans un mouvement lent et minutieux. Tu veux mettre du vernis à ongles?

-    Avant de les maquiller je dois les tailler, nous allons être en retard. Une autre fois peut-être.

-    Qu'est ce que tu vas mettre?

-    Sally ouvre sa valise, sort un pantalon et un chemisier en coton, et elle les étale en exposition à bonne vue devant sa soeur,

-    Je vais mettre ça, je peux dîner et marcher dans cette tenue.

-    Joli chemisier, tu n' as pas de robes?

-    Si! Pour le bureau.

-    Montre moi?

Sally réouvre sa valise et sort trois robes droites et longues en laine de couleur sombre, et elle les étale sur le pantalon et le chemisier,

- Elles sont jolies, très sérieuses… tu risques d'allonger la fente pendant la danse. Le pantalon c'est bien aussi.

- Tes cheveux tu les laisses en natte?

- Tu préfères une queue de cheval? ou un chignon?

- Ou bien libres, tout simplement!

Aelia prend bien au sérieux les sorties du soir. Elle s'y prépare comme pour un Gala des Oscars. Elle met sa plus belle robe, son plus beau maquillage, sa plus belle coiffure.

Elles partent dîner dans un endroit en bord de Seine ou plutôt sur la seine, une plateforme sur l'eau, bien entretenue, faite de bois, d'acier et de verre, chauffée par des poêles dans chaque coin de la grande salle et par la convivialité des gens. Parfois, l'agitation de l'eau se sent sur toute la bâtisse, jusqu'aux lustres suspendus au plafond, qui malgré leur poids de cristal, de cuivre et de tissu tremblent au mouvement de l'eau. La grande baie vitrée découvre la végétation foisonnante à l'autre rive du fleuve et la surface de l'eau, vibrante, avec des ondulations qui dessinent des picassos de tous les reflets du jour et toutes les lumières de la nuit, celles du restaurant, des réverbères lointains, de la lune. Pendant les heures où la seine n'est pas navigable, et quand la marrée est en train de s'inverser, la surface de l'eau devient un miroir parfait qui retourne fidèlement la beauté du ciel et de la terre, les lumières du pont voisin équidistantes se succèdent sur la surface de l'eau d'une rive à l'autre comme un collier de loubane, et le reflet de l'édifice de la nouvelle cité de la musique révèle le génie de ses architectes. Aelia cherche toujours l'heure du basculement de la marée pour espérer voir la Seine reposée, sereine et calme. Ce mouvement donne un aspect naturel à Paris, une ville qui a ses propres horloges, ses propres musiques et ses propres mesures et démesures, elle subit, elle aussi, le mouvement des marées.

Cette maison a une carte très simple, trois entrées, deux plats et trois desserts. A partir de 21 heures, le bruit des conversations se dissimule derrière une musique jazz, qui se suspend à l'air et suspend le temps, un orchestre revisite des musiques et chansons diverses pour devenir vers 22:30 heures une musique dansante, swing et salsa.

- Comment trouves-tu le repas?

- Très bon!

- Tu verras, la danse est très sympathique ici.

- Les gens me paraissent très sages, ils mangent avec la nappe au cou! Ce sont ces mêmes qui vont danser après?

- On ne dirait pas! Tu verras, réplique Aelia, fière de surprendre sa sœur et heureuse de la recevoir avec une belle expérience.

L'endroit plaît beaucoup aux vieux couples et aux amoureux des musiques rétro. Tout le monde est invité à danser. Il y a de bons danseurs qui viennent parfaire leur danse ici, il y en a qui s'exercent à améliorer leurs danses, et il y en a comme Aelia et Sally qui dansent avec des mouvements de R&B sans objectif pour la discipline. De temps en temps la foule dans la piste de danse se synchronise sur quelques pas quand une de ces chansons et danses qui ont traversé les modes et les générations est jouée, la joie se partage et se multiplie divinement, aisément, allègrement dans cette maison.

- Ici on danse ensemble, et on n'a pas peur des entreprises malveillantes.

- Des entreprises malveillantes?

\-   En boite de nuit les gens dansent pour draguer ou se faire draguer. Ici on danse pour s'amuser, et on part souriant pour avoir passé un bon moment. Il n'y a pas d'obscurité, pas d'alcool, pas de boule à facettes, pas de stroboscopes, tout le monde regarde tout le monde sous une vraie lumière.

\-   Tu n'aimes pas les boîtes de nuit.

\-   Non. Je pense qu'il y a une vraie créativité dans le décor intérieur, la musique, mais je n'aime pas le concept de commencer à danser à minuit avec l'objectif de trouver quelqu'un pour passer ce qui reste de la nuit avec une compagnie inconnue.

\-   Il me semble que moi aussi je n'aime pas la deuxième partie de l'activité de boite, mais on y trouve des DJ qui font un très bel art. Tu ne t'ai pas embourgeoisé ces derniers temps?

\-   Le concept de bourgeoisie n'existe pas pour les arabes ici il me semble. Et je suis toujours une bonne arabe avec mon nom d'arabe et ma tête d'arabe. Elle se tait un moment, puis elle continue, sais-tu qu'on propose le changement de prénom pendant la naturalisation? Je n'ai pas accepté.

\-   Ça sert à quoi de changer de prénom?

-    L'intégration, la familiarité, l'anonymat, assumer son embourgeoisemît si on réussit dans ce pays. Mon prénom est déjà bien latin, l'agent de la préfecture ne le savait pas. Tu te rappelles on me demandait toujours d'où vient mon prénom. Et j'expliquais que c'est le prénom qu'a donné l'empereur romain Hadrien à la ville de Jérusalem pendant son histoire romaine Aelia Capitolina et c'est celui qui figure dans le traité du Khalife Omar pour rendre, dans la paix, la ville à ses habitants autochtones. C'est mon père qui m'a donné ce prénom, il était tellement peu commun qu'il me faisait honte à chaque rentrée scolaire, je devais raconter l'histoire de mon prénom à mes nouveaux camarades de classe.

-    Après, tu en es devenue fière. Tu étais parmi les rares au lycée qu'on reconnaît par leurs prénoms! On m'appelait par mon nom de famille Belamin la sœur d'Aelia pour m'identifier, tellement ton prénom est non commun!

-    C'est vrai, une honte peut devenir une fierté en un rien de temps. Après avoir essayé d'être comme tout le monde, j'ai fini par apprendre à être juste ce que je suis, c'est plus facile à vivre. Les français sont plus malins, ils donnent trois prénoms à leurs enfants, il y en a au moins un qui se porterait bien.

- Tu te souviens du protagoniste du roman de Maupassant, Bel Ami, par pragmatisme et à cause du mépris de sa future femme envers ses origines, il a changé son nom à Du Roy De Cantel.

- J'ai complètement oublié ce texte! J'ai l'impression que tu as fait tes devoirs avant de décider une éventuelle installation en France!

- Pas vraiment, il y a quelques livres que j'ai aimé plus que d'autres, je viens de relire Bel Ami il y a quelques temps, justement parce que j'ai totalement oublié l'intrigue. Il me retourne un peu l'image de l'étranger qui souhaite réussir. Bien que Duroy n'était pas étranger à la France, il l'était à la société parisienne, à la classe influente, aux amours des femmes bourgeoises. Et il faut dire qu'il n'a pas lésiné sur les moyens pour réussir son ascension sociale, jusqu'au changement de nom.

- Et moi si je veux changer de nom, ce serait Belamin De Clichy parce que c'est à la porte de Clichy ou j'ai atterri le premier jour.

La blague d'Aelia était tellement imprévisible qu'elle a fait éclater de rire Sally. Elles se sont mises à rire toutes les deux, sans voix, les yeux mouillés.

Pendant l'entretien de naturalisation, l'agent de la préfecture a proposé à Aelia un changement de prénom, pour avoir un prénom commun, bien d'ici, comme si cela peut changer quelque chose au moment où même une couleur de la robe peut être utilisée comme moyen de stigmatisation. Être inclusif, tolérant ou bien xenophone est une question de valeurs et d'éducation, car la différence est la seule constante dans l'espèce humaine, à l'image des différences de l'acuité des sens et de l'esprit entre tous. Aelia n'avait pas assez d'arguments pour porter un nouveau prénom, celui qu'elle porte est déjà latin, il n'est pas dans sa version française au féminin qui n'existe pas encore, Aelius donne Elie en France. Son nom de famille est arabe, son physique n'est pas ce que produit cette terre actuellement. Peu importe son prénom, elle est marocaine et elle serait française, une binationale, comme tous ceux qui ont changé de pays et de culture pour des raisons très différentes.

Ou bien comme à l'âge des empires, il y a des gens qui sont restés dans le même empire et ont changé de terre et de culture. Alexandre le Grand est macedonien et grec, Avicennes est espagnol et marocain, Al khawarizmi est Ouzbek et Iraquien.

A l'instar des empires, l'immigration est en train de faire la même chose, il n'est pas étonnant d'être binational ou multinational, c'est un signe de santé pour l'humanité. Cela voudrait simplement dire que l'humanité a créé des pôles de prospérité pour survivre et que l'homme bouge d'un endroit à un autre pour continuer sa vie, rêver autrement, créer le présent qu'il souhaite, et non pas mourir sur place. L'immigration est la dernière arme de survie contre les éléments de la nature, la cruauté des hommes, et la veulerie du confort.

L'Homme peut être d'identités plurielles, ou bien peut enrichir son identité seule et unique avec tout ce qu'il croise dans sa vie, y compris une nouvelle culture.

- Il y a de beaux prénoms dans le calendrier chrétien.

- "Mon prénom se fêtera à la Toussaint, comme tous les prénoms qui n'ont pas encore été portés par des saints!" réplique t-elle en silence, Et répond juste par un sourire et un mouvement affirmatif par la tête à l'agent de préfecture.

Peut-on encore sanctifier des personnes de nos jours pour leur consacrer un jour dans le calendrier? Ou bien faudrait-il changer de prénom une fois qu'on devient candidat à la sainteté comme Karol Wojtyla, Le pape Jean-Paul II et porter celui d'un autre saint ou bien d'un prophète ou de plusieurs saints et prophètes, concaténés par deux ou par trois?

Aelia n'est pas entrée dans des discussions philosophiques sur les origines des prénoms, cela peut allonger l'entretien ou blesser l'agent ou bien le pousser à avoir un jugement sur elle, elle dira le moins pour répondre: "Je pense que mon prénom est facile à prononcer et facile à porter, mes amis le trouvent joli".

Faire foule sans se sentir sollicité avec malveillance, Aelia aime le sentiment d'être avec les gens, s'amuser et danser sans conséquence. Cet endroit lui plaît parce qu'elle est se sent elle-même en public, elle peut sauter rire danser sans souci des regards des gens. Puis le lendemain elle est plus légère, et ne retient aucun visage, aucun regard de la veille, peut-être un ou deux regards du vieux qui fait danser ses sourcils à défaut de pouvoir bouger son corps et la jeune femme qui danse le disco sur une musique Salsa avec un maquillage qui a marqué Aelia. C'est tellement reposant.

Après le dessert, Aelia dit à Sally "on va aux toilettes à tour de rôle, bientôt la danse commencera". Elle se dirige vers les toilettes sur ses talons-aiguilles avec de grands pas en légers déhanchés qui relèvent sa jupe en cloche.

Pendant son absence aux toilettes, son téléphone sonne deux fois puis reçoit un message. Sally, dans une curiosité innocente jette un oeil sur l'écran, Aelia a reçu une photo de femme dos nue en posture de l'odalisque d'Ingres le visage à peine retourné, non identifiable.

- Tu reçois des photos de femmes nues!?

- Non! Aelia nie avant de regarder son téléphone, puis elle le saisit, tape des chiffres avec des mouvements de doigts quasi-inconscients et dit Ah oui! c'est rien, je verrai après.

Elle met le téléphone sur le mode silencieux et continue la discussion avec sa sœur. Sa joie, devenue excessive, trahit son *comme-si-de-rien-était*. Dès que l'orchestre commence à jouer une douce musique Salsa, elle commence à danser assise, à onduler son corps et ses mains, prête à sauter à la piste de danse. Comme pour exhorter les gens à commencer à danser, l'orchestre change de registre de musique soudainement et hausse le volume.

Les deux sœurs se prennent la main et avancent dans la scène de danse comme d'autres convives, et elles improvisent dans une joie singulière en tournant leur mouvement en danse orientale.

Ilorando se fue, la chanson la plus joyeuse clôt la soirée et tout le monde se synchronise sur le même pas de danse folklorique, culottes cachées, et le même sourire. La chanson raconte le souvenir d'un départ d'une bien aimée que le temps a pu apaiser, un départ en larmes, une mémoire sans rancune, une autre faite de regrets et une éventuelle retrouvaille, au moins dans le clip de la chanson. Si on sait danser sur une chanson triste, c'est parce que la musique fait danser et peu de monde connait les paroles de cette Saya afro-bolivienne.

Pendant cette joyeuse transe, le téléphone d'Aelia continue à recevoir des appels. Elle a déjà reçu cinq appels et trois photos d'elle nue.

Au nom de …

Pour ne laisser aucune ambiguïté aux motivations de nos actions, on brandit la valeur qui les justifie. Au nom de la liberté, au nom de la jeunesse, au nom de la jeune liberté, au nom de la jeunesse libre.

La jeunesse est le printemps des valeurs. A cet âge, on les adopte de manière radicale et binaire, comme si la circonstance n'affecte pas l'application de la valeur, et comme si la relativité n'existerait pas et comme si l'esprit de l'homme et celui du monde étaient plus petits que la valeur elle-même. Quand on est jeune, on est facilement convaincu que si l'on doit croire que l'homme est le centre de l'univers, les valeurs seront certainement le centre de l'homme. Oui, par cette intransigeance, on illustre inconsciemment la supériorité intrinsèque de l'homme, un être moral, un être de valeurs, un être qui réfléchit et qui échafaude des systèmes de valeurs compliqués. Et si on est ainsi jeune, c'est probablement parce qu'on n'est pas encore assez tombé pour comprendre la bénédiction de la tempérance, on n'a pas assez vécu pour entendre plus d'histoires d'hommes et moins d'histoires de fées et de super-héros, et on a pas réalisé grand-chose pour goûter à la réussite et à ses compromis.

Plus on avance dans le bel âge de la jeunesse, plus on rencontre ces moments où on abandonne l'intransigeance pour une forme de relativité des valeurs, et l'on s'approche d'une vision réaliste, voltairienne où "la fin justifie les moyens", ou au moins la fin justifierait éventuellement une partie des moyens. Cette citation est une bénédiction pour les ambitieux créatifs, avec le risque de frôler un état de non valeur. On trouve bien des gens qui trouvent leur salut dans cette pseudo-maturité de vivre les valeurs, Sally n'est pas encore confortable avec cette notion de relativité des valeurs, et elle a toujours eu grande peine à déceler les valeurs des coutumes, les coutumes des opinions, et les opinions des valeurs en cours de construction.

Aelia a dû poser des questions plus tôt sur ses valeurs, dès qu'elle a posé les pieds en terre étrangère à dix-sept ans. Elle a déjà fait une fois cet exercice auparavant à onze ans, pendant la profusion des informations et des scénarios dans les chaînes de télévision de la guerre du golf. L'information était une bénédiction, mais aussi un choc de compréhension, qui dit vrai, qui dit faux, au point de vouloir croire que ces récits de guerre sont juste une téléréalité de mauvais goût, dont les différentes chaînes de télévision se sont partagées les droits d'auteur et de reproduction.

S'il y a une valeur que Aelia chérit, et qui est plus un mythe qu'une valeur est bien la perfection dans l'effort pour atteindre un objectif, et c'est ainsi qu'elle arrive à être toujours fière de ce qu'elle fait, peu importe le résultat. Elle a également cette drôle de manière, si naturelle, de rationaliser l'erreur et à la prendre comme leçon. Le jour où elle a eu zéro en chimie, à cinq minutes avant la fin de l'épreuve, elle s'est rendu compte de son erreur du début de l'énoncé, elle s'est notée elle-même avant de déposer sa copie, en soulignant l'erreur et l'a dit au professeur à la fin de l'examen.

Aelia a vécu avec la surprotection de ses parents, où la règle d'apprentissage est faite d'observation, d'interdits et de possibles. Essayer, évaluer et juger n'était pas la méthode de transmission préférée de ses parents, surtout dans le champ élargi des interdits immuables de la religion, des mœurs, des traditions, de la loi, de la famille et leurs propres liste de règles établies pour le foyer. Avec cette jeune perception du monde, elle va voyager des milliers de kilomètres loin de chez elle pour continuer ses études supérieures dans un pays où le champ des possibles est infini et où la liberté a des contours indéfinis.

Le point commun entre une fugue et un départ pour des études est l'inconnu, on ne sait pas ce que la vie réserve. Pour une jeune femme comme Aelia, c'est le consentement de ses parents qui fait toute la différence. On pourrait même se demander comment ses parents avaient consenti son départ en France pour faire des études, peut-être parce que c'était la mode, parce que la moitié du quartier envoyait ses enfants à l'étranger pour faire des études supérieures, en Espagne, en Belgique, en France, en Angleterre, en Allemagne. Juste après le baccalauréat, Aelia est vite devenue une jeune adulte qui va être responsable de sa survie jour et nuit et elle va choisir les faits de sa vie qu'elle partagera avec ses proches. Et tout cela se passe dans l'intervalle d'un mois, entre la remise du bac, les réponses des universités et des écoles à ses candidatures, et la plage, le soleil et les baignades avec les amies tous les jours. Très vite, elle s'est trouvée en train de faire ses vaccins et ses bagages pour quitter la petite chambre qu'elle partageait avec sa sœur.

Au départ, il y a une certaine euphorie de la préparation et de la nouveauté, comme la veille du départ en vacances. Son deuil de l'enfant qu'elle était, Aelia l'a vécu quelques mois après avoir quitté la maison, dans une chambre de cité universitaire exiguë et une note moins que la moyenne dans les premiers examens. D'un coup, elle a eu le mal du pays, de ses parents, du soleil, et de beaucoup d'autres choses qui traversent son esprit à toute vitesse et qui rappellent un sentiment d'insouciance, d'invincibilité, de bonheur, un après-midi d'Août, sous le citronnier du jardin où l'on pouvait se rafraîchir du chergui et observer les traînées de fourmis qui font leur parade en silence vers la cuisine, le temps d'une baignade en fin d'après-midi quand la surface de la mer scintille doublement, réfractant à sa surface légèrement ondulée la lumière blanche et franche du soleil qui s'incline vers l'ouest, et recevant ce tableau à travers un regard avec des cils lourds de gouttes d'eau salées. Une vague à l'âme la gagne, elle pleure à haute voix, seule dans sa chambre pour chasser cette douleur hors d'elle, une douleur qu'elle ressent pour la première fois, et comme une peur ressentie pour la première fois on essaie juste de la fuir. En même temps, elle a comme un sentiment que cette douleur va lui devenir familière.

Le climat commence à se refroidir aussi, c'est la première fois qu'elle vit un automne européen, il fait froid vite, la nuit arrive de plus en plus tôt. Elle a attendu le soir pour appeler sa mère, la communication téléphonique coûte moins cher, pour chercher de la force, de la consolation, de l'assurance sans l'affoler, c'est-à-dire ne rien dire.

Avant son départ en France, elle a eu une franche discussion avec sa mère sur la priorité des études et le travail qu'elle pourrait faire. Aelia avait convenu avec ses parents de lui financer totalement ses études les premiers six mois pour lui permettre de s'habituer aux classes et de maîtriser ses cours, puis de travailler quelques heures par semaine pour participer au financement de ses études comme le revenu de ses parents ne permettait pas une prise en charge complète de ses cinq ans d'études. Pendant les semaines des examens, elle a besoin de la moitié du revenu mensuel de ses parents pour un seul mois, trois cent euros de loyers, trente euros de transport et deux cent euros de nourriture, en plus de la livraison de la nourriture qu'on lui envoie chaque mois, des gâteaux secs, des fruits secs, du *khlii*, une préparation de viande salée séchée, cuite et conservée dans de la graisse bovine.

La plupart de ses camarades de classe travaillent à temps partiel. Les petits boulots sont publiés dans les tableaux d'affichage dans le hall de l'administration du campus, dans la boulangerie à côté, dans le fast food sandwich grec, et parfois même dans le mobilier urbain, les poteaux de signalisation proches des passages piétons. Une phrase et un numéro de téléphone suffisent. Et il y a les boulots qui sont recommandés entre groupes d'amis, la garde d'enfants, le travail dans les cuisines des fast-foods, le support scolaire, l'apprentissage des langues, le ménage, le gardiennage. Beaucoup de ces travaux se font au noir et sont payés en liquide et cela ne dérange pas necessairement un étudiant qui a besoin d'argent.

La première fois où Aelia a dû travailler, c'était chez un couple d'avocats pour garder les enfants et les aider à faire leurs devoirs, elle était bien dans ce travail, elle y allait deux fois par semaine et parfois Samedi, elle est traitée avec respect et elle est toujours payée à la fin de chaque séance. Ils étaient de bons employeurs, les enfants étaient gentils, et ne faisaient pas de bruit, elle parvenait même à faire ses révisions en même temps. Jusqu'à ce que le couple se sépare pour une histoire de double trahison ou d'ennui. Les enfants, mis en garde alternée, une semaine à Sceaux et une semaine à Versailles, complique les déplacements d'Aelia, elle ne pouvait plus faire ce travail, alors elle a décidé de l'arrêter, et elle a travaillé serveuse au café Indiana de l'avenue Bonne-Nouvelle. Elle n'est pas restée longtemps dans ce travail, car elle avait des soucis à rentrer la nuit, le dernier train était à vingt-trois heures de Châtelet.

Quelques mois plus tard, elle a changé pour un nouveau travail dans la sécurité dans les aéroports en période de vacances. Ce dernier travail était bien aussi. Elle ne travaille que les week-ends et les veilles des vacances scolaires et des jours fériés, on lui donne un uniforme, et elle a une formation tous les mois pour se mettre à jour sur les nouvelles modalités de réception des voyageurs. Elle a le travail assuré et donc le revenu assuré pendant plusieurs semaines et elle pouvait planifier ses weekends pour réviser en périodes d'examens.

Aelia adorait l'uniforme de travail, un tailleur de couleur bleue ou bien orange, selon la fonction qu'elle fera, le bleu est pour les files de sécurité et l'orange et pour les points d'information. Sa garde robe se compose de jeans de pulls et de T-shits, elle n'a pas de vêtements taillés de la sorte, et elle ne les a jamais essayés avant ce travail, elle ne sait même pas dans quelle occasion elle pourrait mettre de tels vêtements. Le tailleur allait bien avec sa taille juvénile et elle n'avait pas à s'occuper de le nettoyer. Ses cheveux étaient souvent mal coiffés, mais le chignon lui va à merveille, cette coiffure cache toutes les imperfections, se coiffer les cheveux étant très cher à Paris, c'est l'équivalent de cinq repas.

Elle est restée longtemps dans ce travail, elle a même noué des amitiés avec des filles qui ne sont pas dans son campus universitaire, c'est un autre club de petits boulots et de conquête de la ville, le type de groupe qui reprend aussi les rituels du pays, qui célèbre les fêtes religieuses avec des petits moyens pour les personnes qui ne pouvaient pas revenir chez leurs parents pendant les vacances. Aelia était experte en couscous, depuis l'âge de onze ans, elle a toujours accompagné sa mère pour la préparation, elle a commencé à apprendre très tôt avec ses grand-mères puis sa mère, par laver et éplucher les légumes, puis la préparation de la semoule, et puis elle a fini par devenir une bonne cuisinière de couscous. Elle trouve vite sa place avec cette qualification. Alors, c'était elle les couscous du Vendredi et de fêtes religieuses dans sa nouvelle clique d'amis. Bien qu'elle soit de nature solitaire, elle se sent bien avec la foule diverse et grande qui ne lui enlève pas son anonymat. On parlait souvent travail, examens, services de préfecture et services consulaires.

- Cela fait longtemps qu'on ne s'est pas croisé au travail, tu as été affecté à un autre aéroport?

- Non, j'ai changé de travail.

- Ah bon? Que fais-tu maintenant?

- Je travaille comme animatrice de soirées… Samedi seulement. Je trouve ainsi le temps pour mes études et en même temps j'arrive à avoir assez d'argent pour payer le loyer de la chambre universitaire, le restaurant universitaire et la documentation des cours. Je ne peux pas demander à mes parents de m'envoyer de l'argent.

- Ça doit être amusant ton travail.

- Il n'est pas épuisant.

- Et que fais-tu exactement? Et ça paie bien? Ils paient toujours? Aelia pose ses questions l'une après l'autre dans un intérêt avéré pour voir si ce type de travail lui conviendrait.

Shahnaz évite la réponse, puis elle explique ce qu'elle fait en choisissant ses mots. Après tout, elle ne fait rien de mal. Elle n'est pas de Rabat, elle n'est pas du Maroc il n'y a pas grand risque qu'on sache ce qu'elle fait dans la petite ville d'où elle vient. Elle ne fait rien de mal mais les imaginations et les opinions des gens n'épargnent personne. En même temps, elle est bien dans une zone risquée où on peut vite glisser, elle en est bien consciente, c'est pour cela qu'elle choisit ses mots pour décrire le travail.

- Je suis invitée à des soirées organisées pour des gens riches, l'organisateur paie pour la toilette, et paie pour que je sois amusante et souriante toute la soirée, et il paie tout ce qu'on peut boire ou manger sur place.

- Combien?

- Le minimum est deux cent Euros par soirée.

- Oh je travaille trois weekends pour une telle somme! Et pourquoi?

- Pour créer un environnement convivial et chaleureux avec des jeunes femmes normales. A ces soirées, sont invités aussi des hommes qui sont de passage à Paris, qui veulent s'amuser dans un cadre normal.

- Ça veut dire quoi des jeunes femmes normales?

- Des filles qui font des études ou bien qui travaillent, qui peuvent faire la conversation, naturelles, ne s'habillent pas de manière provocante et ne cherchent pas à se faire payer, et surtout jolies, naturellement jolies, sans faux ongles, faux cils. Ces gens cherchent la fraicheur et la nouveauté, et ils ne veulent pas rencontrer une femme deux fois.

- Ces hommes ne cherchent pas autre chose? Juste avoir l'impression d'être avec des femmes naturelles comme vrai et passer un bon moment à entretenir des conversations normales avec des jeunes femmes totalement étrangères?!

- Oui. Après, il y a des filles et des hommes qui veulent aller plus loin, Ils sont libres mais cela n'est pas dans le contrat.

- Tu signes un contrat de travail pour ce que tu fais?!

- Oui, bien sûr. C'est un contrat d'hôtesse d'accueil, comme celui que nous avons avec le prestataire de l'aéroport.

- Etonnant!

Elles restent silencieuses, puis Shahnaz continue avec l'hésitation qu'elle a déjà trop dit. Aelia a un potentiel de réussir ce type de prestation, et même si elle ne l'aime pas et s'arrête après la première soirée, de nouvelles filles sont demandées tout le temps, si Shahnaz propose des filles nouvelles à l'agence, elle reçoit une prime.

- Tu es jolie, mince et grande, tu feras un succès dans ces soirées.

- Je ne sais pas, je n'ai pas encore compris en quoi consiste ce travail.

Shahnaz, interprète la réponse de Aelia ainsi : "j'ai bien compris en quoi consiste ce boulot, à amuser des hommes par son physique, le fond de commerce du business est la recherche de nouveauté, d'anonymat, et de spontanéité. Mais c'est un mensonge, tout cela est fabriqué, et cela ne me convient pas". Alors elle se précipite à corriger et à expliquer davantage, en choisissant encore une fois scrupuleusement ses mots.

-       Pourquoi?! On ne fait rien de mal, personne ne t'oblige à boire, à fumer ou quoi que ce soit, tu ne fais que ce que tu veux faire, la seule condition c'est d'avoir le sourire et faire la conversation à des inconnus.

-       Je pourrai peut-être venir avec toi un jour, question de voir. Répond Aelia pour fermer le sujet.

Les petits boulots non plus n'étaient pas simples tous les weekends. l'épuisement, le paiement au noir, les dépassements d'horaires, l'impatience des gens. En basse saison des voyages, quand les aéroports n'ont pas besoin de saisonniers, Aelia revient travailler à l'heure dans le café Indiana au 9e arrondissement. Parfois elle fait les deux boulots dans la même journée, Elle rentre chez elle à quatre heures du matin et elle dort jusqu'à dimanche midi, pour partir travailler l'après-midi. Quand elle cumule les boulots, elle fait une semaine parfaite de revenus, mais elle s'assoupit et elle baille tout le temps en classe le lundi. Il est bien d'explorer autre chose, elle est toujours libre de faire ce qu'elle veut en tout cas.

Aelia se rappelle souvent du premier jour de son expérience d'hôtesse d'accompagnement dans les soirées. Elle a passé tout l'après-midi avec ses nouvelles copines pour se préparer à la soirée, à se faire belles. Pour cette première fois, comme elle est nouvelle dans le groupe, elle n'a pas fait d'achats, Shahnaz lui a proposé de mettre une de ses robes. Et pour cette préparation, elle gagne déjà deux cent Euros. Elle a tout juste payé le spa et le coiffeur à quarante cinq euros.

Les filles se maquillent collectivement devant de grands miroirs et des miroirs de poche, les pinceaux de maquillage et les doigts des rouges à lèvres se baladent d'une main à l'autre. Comme les vêtements, le maquillage à sa propre mode, et toutes les filles ont tendance à foncer les sourcils et à agrandir les lèvres avec un rouge éclatant. Les conversations s'élèvent et se croisent et plusieurs langues s'entremêlent et s'entendent. Vers dix-sept heures, toutes les filles sont prêtes. Elles ont un air de ressemblance avec leurs paillettes, leurs mousseline et leurs dentelles noires. Le noir va avec tout et va à toutes, le rouge aussi. Shahnaz fait attention à Aelia pour l'aider à comprendre les codes et les règles. Et Aelia se montre reconnaissante et en même temps perdue dans la compréhension de cette activité.

Il y a de ces moments où l'esprit se sent dépassé et le cœur prend la relève pour orienter nos pensées, c'est l'un de ces moments chez Aelia. Elle répète à elle-même "il est bien de voir des choses nouvelles, oui mais pas cela, ce n'est pas ce que tu veux faire, juste par curiosité, en tout cas c'est un lieu public comme les autres, si tu n'apprécies pas tu peux partir". Malgré les rires et la chaleur humaine, elle se sent seule. Quand elle croise - parce qu'elle cherche à se voir - le reflet de son visage dans une vitre, une glace ou bien une assiette, elle ne se reconnaît pas et elle prend le temps de se regarder, elle se trouve très attirante, très sophistiquée. C'est la première fois qu'elle porte autant de poudre, de fard, de rouge et de noir, au point d'oublier les mouvements de son visage, elle a peur d'avaler le rouge à lèvres, ou d'essuyer ses sourcils en remettant en arrière ses cheveux bien coiffés, plus lisses et plus légers que d'habitude. Elle n'est pas confortable avec cette parure, c'est la première fois, c'est normal pour une première fois.

- Qu'est ce qui t'amène ici?

- Je suis venue pour le cours de sociologie! Elle marque le silence et attend une réaction du Monsieur dont elle n'a pas encore retenu le prénom, bien qu'elle a cru l'avoir entendu. Alex reste silencieux essayant de comprendre la blague d'Aelia.

- Je suis venue m'amuser comme tout le monde, avec mes copines, elles sont quelque part. Elle tourne sa tête pour voir si elle aperçoit Shahnaz. En vérité, elle ne connaît qu'elle ici, les autres filles, elle les a rencontrées il y a à peine quatre heures.

- Très drôle! Tu n'as pas l'air de t'éclater pourtant!

Alex perçoit les mouvements serrés du visage de Aelia, sa manière de poser sa main sur la naissance de son cou pour cacher ce que découvre le décolleté de sa robe, pourtant pas si profond. Plus tard, Alex comprendra que Aelia était mal à l'aise parce qu'elle n'est pas habituée au maquillage et aux robes dénudées. Il ne pourra pas deviner cela du premier abord, les jeunes femmes s'habillent ainsi en soirée souvent et c'est normal à Paris.

En effet Aelia n'est pas à son aise, et l'ambiance n'a rien de naturel. Toutes les jeunes femmes étaient belles et très bien habillées, on voyait rarement deux ou trois filles se parler, les hommes avec une posture guindée ne ressemblent pas aux hommes qu'elle a l'habitude de rencontrer dans les soirées. Tout est très bien présenté. Si cette mise en scène avait pour objectif de feindre la vie normale, alors quel serait de mettre en scène un conte de fées? Tout le monde peut demander ce qu'il veut à boire ou à manger dans un long buffet. C'est un rêve pour Aelia. Elle n'aime pas l'endroit car la joie est monnayée, mais elle ne peut pas le dire car cela ne fait pas partie des conversations qu'elle pourrait avoir pendant sa prestation.

- Tu te trompes… réplique Aelia avec un regard qui dit le contraire et qui se dérobe pour éviter de se dénoncer.

- Tu veux boire quelque chose?

- Oui, un coca.

- Je reviens! réplique Alex en pressant le pas vers le buffet.

Elle l'a suivi avec le regard dans la lumière feutrée de l'endroit, parmi les silhouettes des gens, pour s'assurer de le reconnaître parmi les hommes qui se ressemblent ici. Il est bien habillé, bien rasé, bien coiffé, il met un chemise une cravate et un pull en col V un pantalon tailleur un peu trop serré, on dirait qu'il a pris du poids dernièrement sans s'en rendre compte. Il se faufile dans la foule avec précaution sans toucher les gens. Aelia revient à sa solitude et son observation passive de ce qui se passe autour d'elle. Quelques minutes plus tard, Alex est revenu avec deux vers à la main, un verre de vin rosé et un verre de vin rempli de coca. Elle a expliqué à Alex ce qu'elle fait comme études…

-       Et toi qu'est ce que tu fais dans la vie?

-       Je travaille dans le domaine de l'événementiel, les défilés de modes, les soirées privées, les lancements de nouveaux produits. Il disait cela dans un discours bien répété, bien fait, mais cela ne fait pas son effet sur Aelia car elle ne sait pas de quoi il parlait exactement. Normalement ce discours est fait pour enthousiasmer des jeunes femmes qui travaillent dans la mode ou le marketing.

-       Et qu'est ce que tu fais exactement dans ce domaine?

-       Je planifie des événements.

-       Bien! C'est toi qui organise cet événement?

-       Non, j'organise des événements de mode.

Alex a l'impression de se répéter, il est patient dans une première conversation avec une inconnue, il arrive de ne pas tout comprendre du premier coup, le cerveau est occupé à collecter plusieurs informations en même temps. Vu son jeune âge, il assume son ignorance de l'industrie de l'événementiel. Il doit avoir l'habitude des premières conversations.

- Tu as un passe-temps préféré?

Alex exprime son étonnement par un sourire. Ce n'est pas le type de questions dont il a l'habitude dans ce type d'endroits et après avoir expliqué son activité fascinante,

- J'aime beaucoup la photographie, et toi?

- J'aime la cuisine. La réponse étonne encore une fois Alex par sa sincérité. Il s'attendait à une activité qui attise l'imagination, comme la danse, le tango, ou bien qui est en relation avec le domaine de son activité, la mode, les tendances du paraître. Il sent que Aelia est nouvelle dans ce type de soirées.

- Si tu veux, je peux te montrer ma collection de photos. Je photographie les édifices parisiens, souvent de nuit. Mes photos intéressent beaucoup de monde. J'aime beaucoup Helmut Newton, son travail est extraordinaire, c'est le Rodin de la photographie. Il y a une exposition de ses photos au Petit Palais, on peut y aller si tu veux, j'ai des invitations.

Aelia n'a pas tout saisi du propos de Alex, elle ne connaît pas Helmut Newton, ni Rodin ni le Petit Palais. Le seul Newton qu'elle connaît est celui de la pomme et de la gravité. Elle se réserve de demander des explications sur plus de la moitié du propos, alors elle réplique par,

- C'est un photographe d'édifices lui aussi?

- Non, c'est un photographe spécialisé dans la mode vestimentaire et les portraits. Tu connais les magazines Vogue ou Elle?

- Elle, Oui.

- Alors tu as probablement regardé des photos qu'il a créées.

- D'accord. Elle se sent soudain moins étrangère au sujet, et elle sent qu'elle peut supporter la discussion avec Alex plus longtemps.

Alex admire Helmut Newton pour sa virtuosité et son audace dans les nus de femmes, en noir et blanc. Il a intentionnellement omis cette information pour ne pas embarrasser Aelia, qui parle de cuisine, et ainsi augmenter ses chances de la revoir.

C'est ainsi qu'ils se sont échangés leurs numéros de téléphone pour aller voir une exposition de photos. Aelia a été cherchée par ses copines pour aller aux toilettes, refaire leur rouge à lèvres. Elle a eu d'autres discussions avec d'autres personnes. C'était la première et la dernière fois que Aelia vient à ce type de soirée, elle a gagné une bonne somme d'argent, mais elle trouve que cet argent a mauvais goût.

Une semaine plus tard, elle reçoit un SMS de Alex qui lui propose de prendre un verre et de lui montrer ses photos. Aelia a accepté deux jours après et ils se sont donnés rendez-vous au jardin du Luxembourg près du grand bassin en face du château. Aelia est arrivée première probablement, elle a pris une chaise et s'est assise devant le grand bassin en face du palais du Luxembourg. Il faisait frais, les ombres des arbres étaient longues au sol, le soleil chauffait son dos et éclairait la façade du palais, elle s'est mise à compter les fenêtres et à admirer cette symétrie parfaite.

Dès qu'elle a détecté une asymétrie autour de l'horloge, elle a commencé à jouer machinalement à un jeu très populaire de "trouver les quinze erreurs" dans le relief de l'horloge, elle s'amusait à trouver les asymétries. Elle a quitté sa chaise et elle s'est approchée de l'édifice pour mieux voir. L'horloge est en chiffres grecs, et elle est cadrée par deux jeunes femmes nues tenant des draps qui volent au vent. Ou bien c'est la même jeune femme prise de deux profiles recto et verso, elle n'a pas su qualifier la symetrie. D'un côté elle voit une flamme, de l'autre une chauve-souris: C'est la première asymétrie. D'un côté il y a une pluie de fleurs, de l'autre il y a une constellation d'étoiles: C'est la deuxième asymétrie. En bas de l'horloge il y a un bébé-ange avec des ailes déployés de manière égale, assis sur un banc et qui prend dans les mains levés de manière parfaitement symétrique deux guirlandes, d'un coté de fleurs et de l'autre de fruits: c'est la troisième asymétrie. L'ange est entouré par un demi cercle, une orbite, elle voit difficilement un scorpion, un lion, un oiseau, un archer ou un cupidon... on dirait les signes du zodiaque, peut-être le signe du sagittaire… Le tout est encadré par quatre statues de femmes, deux de chaque côté. Elles n'ont pas la même taille, elles sont habillées différemment, et coiffées différemment, elles posent sur des piédestaux identiques qui portent quatre inscriptions illisibles: quatre asymétries.

Alex a fait le tour du bassin circulaire avant d'apercevoir Aelia debout en face de l'édifice et il s'est approché doucement:

-    Bonjour Alia

-     Bonjour. Elle baisse la tête et se tourne vers la direction du son. Alex avance alors deux autres pas et l'embrasse sur les joues. Elle continue : ça se prononce élia.

-     D'accord Aelia,

-     C'est un beau palais. Est-ce un musée?

-     Non, c'est la deuxième chambre du parlement français, le sénat. Le palais peut servir de musée aussi, il est très beau de l'intérieur.

-     Arrives-tu à lire les inscriptions sous les quatre statues?

-     Es-tu sûre qu'il y a des inscriptions, je n'arrive à voir à l'œil nu.

-     Il me semble, des inscriptions ou bien des gravures.

-     Je peux essayer avec l'objectif de l'appareil photo.

Alex se sent tout à coup parfaitement utile, ainsi que le kilo et demi que pèse son appareil photo et son etui, qu'il a ramené avec lui pour montrer quelques photos à Aelia. Il sort alors l'appareil de son étui, il l'allume avec un geste appliqué et concentré qui annule la présence de la jeune fille à son côté et le pointe vers le haut, un œil fermé et un autre sur le viseur. Il règle la mise au point avec un son intrigant entre le son du z et du v de l'ajustement automatique de la focale et le mouvement de l'objectif qui s'allonge de quelques centimètres. Aelia regarde avec intérêt la manipulation, et attend son tour pour voir à travers le viseur,

- En effet, il y a des inscriptions, de gauche à droite : Éloquence, Sagesse, Prudence et Justice.

- Merci, je peux aussi voir avec l'appareil photo?

- Oui bien sûr, dit-il en lui tendant l'appareil avec confiance, lui mettant la ceinture autour du cou, et lui montrant comment le manipuler.

Aelia parcourt toute la coiffe du bâtiment pour confirmer les asymétries qu'elle a vu à l'œil nu.

- Très belle façade. Elle sourit sans expliquer son jeu puéril à Alex, et elle se dit "ça fait sept erreurs".

Alex est un jeune homme d'une allure commune, il a trente deux ans avec un physique béni par une symétrie attirante, les yeux et les cheveux couleur de miel, un ventre plat, probablement grâce à ses antécédents sportifs ou bien son travail qui nécessite beaucoup de déplacements. A part sa calvitie naissante et mal vécue, et le flou sur son activité professionnelle, Aelia dit beaucoup de bien de lui à ses amies. Il est courageux et ambitieux, il a changé de métier à vingt neuf ans. Avant, il travaillait dans la police, une dizaine d'années, dans les quartiers difficiles. Puis, il a démissionné pour reprendre ses études en marketing événementiel. Dans son nouveau métier, il rencontre souvent des belles femmes, leaders et entrepreneuses, modèles, mannequins et accessoires d'ambiance. Il en est fier, il s'en vante à toute opportunité et n'hésite pas à répéter cela autour de lui, aux mêmes personnes parfois, cela lui procure une fierté et une certaine distinction. Tout le monde ne peut pas prétendre travailler avec les plus belles femmes au monde.

Alex trouve Aelia intrigante par son attitude inhabituelle à cette soirée, par sa naïveté infantile et par sa joliesse simple sans efforts. Elle ne cherche pas à trouver quelqu'un qui allait lui offrir plus que les deux cent euros de son contrat, elle en est même parfaitement désintéressée comme elle n'a pas aimé le travail. Elle fait une conversation avec les sujets qu'elle connait, elle est inconfortable avec le trop de maquillage qu'elle porte, et qui n'a pas réussi à masquer son regard d'enfant perdu. A trente deux ans, Alex vit les rencontres de dix-sept ans, celles du lycée et de l'université qu'il n'a pas pu intégrer après le baccalauréat. A dire vrai, c'est ce retour vers le début de l'âge adulte et le goût de liberté dans l'université qui l'attire chez Aelia.

Aelia et Alex ont vite trouvé leurs petites habitudes, ils se retrouvent Vendredi dans l'après-midi, Aelia n'a pas cours, et ils dînent ensemble, ou bien Ils passent Samedi matin ensemble avant le travail de Aelia, Alex ne travaille pas ce jour là, il est plus flexible quant à ses heures de travail aussi.

Ils s'attablent dans un café, prennent un thé ou un café en échangeant des propos sur leur semaine. Alex n'a pas attendu longtemps pour changer ses habitudes de boisson quand Aelia est restée au café long ou bien au coca. Il prend une bière ou un verre de vin. Bien des fois, Aelia sent puis goûte sa bière pour s'assurer qu'elle n'aime toujours pas le goût. L'odeur de fermentation lui est plus familière, sa mère lui donnait de la levure de bière en complément alimentaire et sa camarade de classe avait tout le temps une odeur similaire dans ses cheveux, il parait que la bière est bonne pour leur pousse. Les réflexions de Aelia sur les cours et les examens amusent beaucoup Alex.

Après la pause café, ils partent se balader dans les rues de Paris, dans un musée ou bien dans un parc. Au dîner, le menu était souvent une pizza, un sandwich grec, ou bien le buffet illimité chez le chinois à onze euros. Aelia n'a jamais compris pourquoi Alex préférait les repas des étudiants, mais cela lui convenait car elle n'a pas un grand budget pour les sorties, et elle a peur de se trouver à court d'argent en fin du mois. Bien qu'Alex paie souvent l'addition, Aelia préfère aller dans des endroits ou elle peut payer elle-même.

Alex prend quelques photos à chaque rencontre, c'est son moment de passion. Pendant la semaine, il travaille dans un bureau ou bien dans les endroits où se passent les événements que son agence organise. Il aime pointer son objectif vers les édifices et vers Aelia, c'est ainsi qu'il immortalise ces moments. Il est bon photographe, ses prises sont artistiques. Au début, Aelia se sentait gênée de se trouver dans certaines photos. Puis, elle a fini par développer une certaine fierté d'être un modèle. En vrai, c'est sa silhouette qui convient à la photographie. Son visage est quasiment tout le temps derrière de grandes lunettes, une frange qui tombe très proche de ses sourcils et un sourire constant et faux, qui, à force de le répéter devient une nature. Elle sourit pour cacher la forme de sa bouche qui renvoie un air sérieux. Deux lèvres exactement égales et bombées plus hautes au centre qu'aux extrémités. En souriant, la jonction de ses deux lèvres trace une ligne droite parfaitement horizontale, bordée par deux fossettes sur son menton, pas loin des commissures.

Avant sa rencontre avec Alex, Aelia a toujours vécu la photographie comme une expérience sérieuse, on met de beaux vêtements et on documente un grand événement de la vie, une fête, une réussite, un voyage. Au temps de ses dix-sept ans, on prenait des photos argentiques et on en fait un tirage sur papier glacé, les photos en couleur étaient toujours plus chers que les photos en blanc et noir ou en sepia. La dernière photo qu'elle a prise avant son voyage était la photo de classe. Chaque année, la direction du lycée mandate un photographe pour faire les photos des classes de tout le lycée, tout le monde est prévenu une semaine à l'avance pour venir présentable le jour de la photo, le surveillant général fixe le rendez-vous de prise, souvent dans l'espace de la récréation, avec un paysage reconnaissable, des bâtiments de classes et des arbres. C'était une belle journée ensoleillée du mois de Mars, vers onze heures du matin, juste après le cours de philosophie et de la pensée musulmane, c'est ainsi que la professeur de cette matière a fini dans la photo, tout à gauche. Aelia et deux autres étaient pris de profile, l'un d'eux a demandé la prochaine salle de classe, Aelia et un autre élève on répondu, le photographe n'a pas attendu d'avoir tous les visages de face et avec le sourire de cheese pour claquer trois fois son appareil, il a vingt classes à photographier ce matin, et seulement dix minutes au début de chaque heure. Une semaine plus tard, le photographe revient avec les photos que les élèves achètent à prix symbolique. Le moyen de conserver ces photos était de garder le film négatif ou bien de numériser le tirage et le garder dans le seul ordinateur qui est à la maison. Quand Aelia, Sally et puis Ali ont quitté la maison, l'ordinateur est tombé en désuétude et tout le contenu numérique est devenu irrécupérable après quelques années.

Avec cette rareté, la relation d'Aelia à la photo était faite d'étonnement. A chaque photo, elle regardait l'objectif avec sérieux et intrigue. Alex, en bon photographe, saisit cette expression presque tout le temps. C'est ainsi qu'elle a fini par porter des lunettes qui cachent la moitié de son visage. Avec le temps et l'habitude, Aelia a pris confiance, elle ne voit presque plus l'objectif mais elle a continué à protéger son regard, car il lui renvoie un sentiment qu'elle ne reconnaît pas.

La photo n'illustre plus l'évènement mais juste le moment, des moments, puis juste un mouvement perdu dans la trame du temps ou d'une rencontre.

Alex montrait toujours les photos à Aelia après les avoir numériquement traitées, toutes ses photos étaient belles et inspirantes. Elle commençait à s'intéresser à la photographie elle aussi, mais elle n'a pas cette fibre qui fait la différence entre un bon technicien de la photo et un artiste.

Elle continue fièrement son rôle de modèle dans les photos d'Alex et elle aime particulièrement la collection des ponts de Seine, ils se sont bien amusés pendant sa création. Chaque semaine, ils choisissent un pont, ils apprennent son histoire sur internet ou bien dans un livre, puis ils se donnent rendez-vous Samedi au pont, pour faire un shooting. Aelia portait des accessoires qui rappellent le pont. Pour le pont Alexandre III, elle a porté une moustache et deux drapeaux bleu-blanc-rouge et blanc-bleu-rouge pour l'amitié franco-russe. Pour le pont Grenelle, elle s'est enveloppée dans un drap et elle a pris une posture de la statue de la liberté. Pour le pont de Javel, elle était vêtue tout en blanc, avec un masque blanc venetien au visage. Pour le pont des arts, elle a confectionné un cœur et un cadenas en papier, et elle les a tenu les mains croisés se tenant exactement au milieu du pont, les pieds croisés également. C'était amusant, elle a beaucoup appris avec Alex dans ce projet, et elle pense que la photo du pont est plus belle quand elle est dedans. En effet, il suffit d'une présence de l'homme pour animer la photo d'un tas de fer et de pierre. Aelia avec son corps jeune, libre et volant peut tout animer avec juste un mouvement de la main. Alex sait capturer ce mouvement avec toute son énergie dans une photo. C'est ainsi qu'ils sont complices.

Parfois, le changement inéluctable détruit les belles choses. Il y a des rencontres qui ont eu de la chance d'évoluer pour demeurer belles et fortes, qu'on qualifie d'éternelles, et éternel est le changement qui a eu un effet positif sur ces relations. De ce qui est de la relation avec Alex, avec le temps, Aelia s'est sentie un objet de décor dans ses photos, comme le réverbère ou la statue, et elle n'a pas l'habitude de parler de ses sentiments, elle est toujours à l'état naïf, les sentiments sont déjà un langage, les exprimer avec un autre langage veut juste dire que la personne en face ne comprend plus le langage ultime du coeur. Cette dernière est l'explication romantique du manque de communication, mais la raison rationnelle est que Aelia vient d'une culture ou les sentiments les plus nobles entre deux personnes proches ne s'expliquent pas par les mots, ils se vivent ou se dissimulent. Le sentiment d'Aelia coïncide avec la fin de sa deuxième année d'étude et l'accès aux spécialités, Elle a réussi à intégrer une grande école de commerce à Paris, elle n'est pas obligée de changer de ville pour continuer ses études.

Au retour des vacances d'été de la deuxième année, beaucoup de ses amies sont revenues fiancées à leurs amis de l'époque, Aelia n'a jamais envisagé cette option avec Alex, alors elle a commencé à penser à la possibilité d'une relation à la tradition de son pays. Elle a l'impression que les relations ici se vivent, elles ne se pensent pas, les penser revient à leur trouver une forme et cela les anéantit. Elle n'a pas ouvert la discussion avec Alex, elle trouve que le sujet est compliqué pour le penser à deux avec deux systèmes de valeurs et deux bouquets d'objectifs totalement différents, elle a gardé ses réflexions inachevées pour elle. Après tout, les relations humaines ne se soustraient pas aux lois du changement et de la finitude. Et parfois, il faut très peu pour que l'étrangeté s'installe entre deux êtres si proches.

C'était dans leur pizzeria habituelle. Ce jour-là, ni Alex ni Aelia ne pouvaient manger une pizza entière, et ils n'ont pas pu s'accorder sur une pizza à partager, alors ils ont commandé une pizza moitié pepperoni et moitié végétarienne. Aelia ne mangeait pas de porc, et elle sentait une odeur qu'elle ne supportait pas et qu'elle ne reconnaissait pas dans sa part, imprégnée probablement pendant la cuisson et cela lui avait donné la nausée, elle retenait sa gorge pour ne pas vomir et elle s'arrêta de manger. L'odeur s'est logée dans ses narines pendant toute la soirée et elle lui remontait à chaque fois qu'elle y pensait. Elle est incapable de s'en débarrasser, et elle ne savait même pas pourquoi le pepperoni sentait si fort cette fois. Alex mangeait souvent de la viande de porc, et pendant qu'elle y pense maintenant, il le commande toujours quand ils mangeaient ensemble comme s'il n'y avait rien d'autre que cette viande. Cela ne la dérangeait pas comme chacun mangeait dans son plat, jusqu'à ce qu'ils aient essayé la pizza moitié végétarienne et moitié pepperoni. Trois jours plus tard, elle sentait toujours cette odeur quand elle y pense, même dans la salle de bain, même dans le magasin de cosmétiques, où elle travaille quelques soirs, avec tous les parfums autour d'elle. Sa mémoire du nez est très forte, et elle se rend compte que le souvenir de cette odeur reproduit en elle exactement les mêmes symptômes et les mêmes sentiments qu'elle a eu la première fois qu'elle l'a senti. Une obsession. Ses rencontres avec Alex avaient des odeurs et si elle devait résumer les odeurs de leur relation, ce serait un parfum de Armani, l'odeur de bière, l'odeur de pepperoni sur une pizza végétarienne, et l'odeur d'un savon à la verveine et au citron, qu'elle a utilisé dans les toilettes du café où ils sont venus s'asseoir pour la dernière fois.

La relation de Alex et Aelia n'a pas fini mais elle prend une nouvelle forme. Pour la garder, Alex commence à la menacer de mettre ses photos sur internet dans un site où tout le monde va la reconnaitre, sur PornRevenge.

- Je n'ai pas peur de toi, dit Aelia, mais le ton de sa voix dit le contraire, elle a peur et elle est surprise.

- Ah bon! Tu te souviens de ta photo avec un décolleté qui découvre ton nombril et entourée de verres de vin?

- Ça ne veut rien dire.

- Et ta photo dos nu, dans la piscine municipale?

- Ce n'est pas juste, je n'étais même pas au courant que je suis prise en photo!

- Parce que c'est juste de venir me dire au revoir après quinze jours d'absence? Alors il va falloir justifier à la terre entière ce que tu es devenue ici, une petite putain des soirées parisiennes.

- Ce n'est pas vrai!

- Bonne chance pour le prouver. Je vais faire ce qu'il faut pour que tu ne pourras plus jamais vivre normalement, tu vas t'espérer la prison, putain.

Elle ne sait pas si elle doit prendre putain comme un mot de fin de phrase normal comme il est utilisé à tout va actuellement ou bien au sens littéral du dix-huitième siècle. C'est ainsi qu'il a exploité Aelia pendant six ans, en lui rappelant qu'ils se sont rencontrés dans une soirée où les filles sont prêtes à louer. Alex fréquente souvent ces soirées parce que cela fait partie de son travail. La majorité des filles sont payées pour meubler des soirées et les hommes paient pour rencontrer des femmes dans des situations normales. Un scénario qui satisfait tout le monde. La spontanéité dans les relations est une marchandise rare qui coûte cher.

Crier ses valeurs ainsi depuis le début attire de la sympathie, des sympathisants passifs, et actifs, les curieux, les chercheurs du divertissement et sert à réduire l'espace des interprétations. Alex aurait-il crié au nom de l'amour, ou de la trahison pour justifier ses actions? Ou bien au nom du désir et de la démesure, ou bien au nom du seul centre qu'il voit, son orgueil, sa dignité. C'était probablement au nom de toutes ces valeurs.

Métis et Eris

Sally, tu dors?

Sally?

La tête décollée de l'oreiller, elle appelle sa sœur deux fois. N'ayant eu aucun retour, elle repose sa tête, les yeux grands ouverts, froids et secs comme balayés par un vent du nord. Malgré la soirée de danse qu'elle vient de passer et qui l'épuise d'habitude, la couette lourde, le bonnet et les chaussettes en laine qu'elle porte, elle a du mal à trouver le sommeil. Elle a cru avoir dormi une dizaine de minutes, peut-être plus, elle sent son visage froid, sec et ses muscles gelés comme si elle venait à peine de rentrer. Dans la nuit sombre, désavouée par les lumières de la rue, elle allume l'écran de son téléphone et regarde l'heure, elle ne se rappelle pas de l'heure de leur retour à la maison ni de l'heure à laquelle elles se sont mises au lit. Elles ne sont pas restées réveillées longtemps en fait, juste le temps de mettre les pyjamas et une toilette rapide. Elle referme les yeux pour essayer de dormir, quelques minutes s'écoulent et lui paraissent une éternité. Le temps ralentit dans le silence de la nuit. Elle assiste, le regard bloqué sur le lustre du plafond, au passage des pensées dans sa tête, elles se chevauchent et se remplacent d'une vitesse insaisissable, avec une pensée majeure qui module le tout, « partage ton secret avec quelqu'un ». Elle a l'impression qu'elle a contemplé ce lustre dans cet angle de vue très longtemps et très souvent, et cela lui donne la nausée. Elle change de position, elle se met sur son côté droit et elle ramène ses genoux à sa poitrine. Elle enfonce un peu plus son bonnet sur la tête et se met à frotter ses orteils pour s'apaiser, cela lui permet de dormir aussitôt habituellement, ça ne marche pas cette fois. Elle n'arrive pas à vaincre l'insomnie, ou plutôt ses pensées qui veulent sortir au monde en action bien claire, devenir le souci de Sally aussi.

Il est trois heures du matin et il est l'heure pour ne plus garder sa détresse pour elle. Aucune autre idée ne se répète dans sa tête, comme si le passage du temps en dépendait. Sa mésaventure avec Alex est comme une ancre qui empêche le temps de passer normalement. L'insomnie est à sa détresse ce que les contractions sont à l'accouchement. Et elle avait besoin de courage, elle l'a puisé dans la décision de sa sœur de changer de pays à un âge où on pense normalement de s'ancrer un peu plus avec une famille, un chez-soi et un projet d'entreprise. Il n'est plus possible pour Aelia de continuer à apaiser ses révoltes par ses peurs, ses appréhensions et ses coupes de cheveux pour avoir l'impression de faire face à une autre personne au miroir, et feindre l'oubli de ses fardeaux qu'elle n'arrive plus à porter depuis longtemps. Les sages disent "chaque chose en son temps", rien n'arrive plus tôt ou plus tard, chaque événement a son moment pour arriver. Là, à trois heures trente-cinq minutes du matin, c'est le moment de raconter son enfer à sa sœur et de sortir de sa solitude.

Elle s'assoit sur le lit avec un mouvement rapide comme pour se détacher de ses pensées et les abandonner sur l'oreiller. Elle reste assise sur le lit quelques instants, une jambe pliée, l'autre à moitié et les mains crispées. Avec cette force surnaturelle et entraînante de l'événement qui doit arriver; elle se résout à réveiller sa sœur, elle se met à la secouer doucement, en l'appelant. Sally répond avec un gémissement, les yeux toujours fermés.

- Qu'est ce qu'il y a?

- Il y a quelqu'un qui me fait du chantage avec des photos de moi nue.

- D'accord, demain, viens on dort.

Sally a entendu des bruits et a senti des mouvements. Dans cet état de l'existence, le cerveau réagit rarement comme à l'éveil car il est occupé par quelque chose de plus important, le sommeil. Et si Aelia a une insomnie, le mieux est de l'aider à dormir. Sally tire sa sœur dans ses bras, une manière inconsciente de neutraliser les stimuli et de continuer à dormir. Aelia sentant la chaleur dans ses pieds, le poids du bras de Sally sur elle et sa respiration en haut de sa tête, se laisse happer par le sommeil. Et surtout, elle est plus légère, elle n'a pas tout à fait partagé son secret, mais elle a tout le courage pour le faire, c'est la première fois qu'elle le dit à haute voix! Ses meubles, son lit, chez elle écoutent cette confession pour la première fois.

Le lendemain,

- Tu as eu une insomnie hier?

- Oui un peu.

- Et tu voulais qu'on se raconte alors que je dors!

- Non! Je n'arrêtais pas de penser… Je dormais souvent tard le samedi.

- Raconte-moi ce que tu me disais hier… Tôt ce matin?

Aelia a toujours envie de se libérer de son secret, elle regarde sa sœur dans les yeux avec une hésitation qui n'a pas duré deux secondes puis elle redit :

- Quelqu'un me fait chanter avec des photos de moi nue.

Sally ne se rappelle pas avoir entendu cette information il y a quelques heures. Pourtant, Aelia répète la phrase mot pour mot, comme si elle avait été gravée sur ses lèvres. Elle essaie d'accrocher le regard de sa sœur, pour détecter le vrai de la mauvaise blague.

- Tu rigoles!?

- Je ne rigole pas, depuis des années,

- C'est qui?

- Un homme, il s'appelle Alex,

- C'est le Alex d'il y a cinq ans?

- Oui, c'est bien lui.

- Il était ton copain, ami, je ne sais pas quoi… Amoureuse, super, gentil, je ne sais pas quoi… Tu as arrêté d'en parler, j'ai cru que tu ne le voyais plus…

- Je me trompais, je me faisais des histoires, j'étais dupe… J'étais jeune.

- Comment as-tu fait pour lui donner tes photos?

- Je n'ai rien donné, il les prenait lui-même.

- Et tu le laissais faire!?

- Il me menaçait.

La toute première photo, Alex l'avait prise dans un des endroits où se tenaient les soirées organisées des jeunes femmes bien élevées, bien éduquées et bien présentables. Dans cette photo, Aelia était entourée de trois hommes et devant elle une table pleine de bouteilles de vin, de bière, de verres vides, de bols de chips. En robe noire, cheveux remontés en queue de cheval, boucles d'oreilles longues comme son cou, un décolleté interminable, elle devrait susciter la même envie qu'une bouteille de bon vin, comme disait l'organisateur de ces soirées. Elle souriait niaisement. Dans un poignet elle a un bracelet en argent et dans l'autre une montre que son père lui a offert il y a quelques années, quand elle a commencé le lycée, pour observer le temps pendant les examens. Elle n'a jamais voulu enlever le bracelet qui appartenait à sa grand-mère ni la montre, cadeau de son père, bien qu'ils soient incongrus avec sa tenue. Les hommes autour d'elle ont l'air de cadres d'affaires en costume et cravate, et devraient faire quasiment le double de son âge, la quarantaine engagée.

"Tu vois cette photo? Ça veut dire que cette fille est une gourgandine, Et j'ai toute la collection" a dit Alex la première fois qu'il a dû la menacer. Cette toute première photo n'est pas une seule photo c'est une série de quinze photos qui ont été prises en série, avec la même ambiance, un angle légèrement différent, on dirait un chasseur de photo, les visages sont clairs. Dans quelques photos, ses yeux étaient rouges et même cela est corrigible en deux clics.

Quand elle a décidé d'arrêter leur relation parce qu'elle ne sait pas encore ce qu'elle veut, et qu'elle souhaite se concentrer sur ses études, cette photo apparaît, et c'est la source de toutes les autres, cette première photo et sa lacheté à ne pas pouvoir affronter les préjugés, peut-être aussi sa pudeur surannée importée d'un pays ou elle ne vit plus mais qui régit toujours ses actes, et où les impressions sont des verdicts. Aelia était juste au mauvais endroit, puis elle a eu l'intimité d'une amoureuse, d'une fille de vingt ans, puis la nudité d'une fille menacée par le scandale.

Toutes les photos de son nu étaient prises sous cette contrainte. Ayant peur du scandale, elle l'engraisse.

Aelia ne voulait pas que ses photos soient mis sur internet, ils arriveront probablement aux mains de ses parents, les messagers du bien sont nombreux dans ces situations, ils seraient anéantis de tristesse. Bien qu'elle ne s'est jamais prostituée, elle est partie une ou deux fois dans ce type de soirées et très vite elle a compris qu'ils ne la conviennent pas.

- Il me menace de mettre ce qu'il a déjà dans les sites de Revengeporn, les réseaux sociaux et partout pour que ça arrive au bout du monde. J'avais peur, imagine si les parents voient ces photos? Je ne me marierais jamais et je ne mettrais plus les pieds à la maison. On m'a envoyé pour faire des études…

- Mais que Dieu allais-tu faire dans cette galère!

- Je ne sais pas, j'attends qu'il trouve une autre victime.

- Tu attends depuis quand?

- Depuis des années.

- Que des photos?

- Oui.

- Et depuis des années tu es sa putain?

- Ne dis pas ce mot s'il te plait! je ne suis pas putain! Au début, je croyais qu'il m'aimait, et qu'on allait se marier donc je ne sentais pas faire quelque chose de mal et je n'imaginais pas que cela pourrait avoir cette tournure.

- Mais que Dieu allais-tu faire dans cette galère! Il n'y a pas de lois ici pour ce type d'abus?

- Si, mais il faut le prouver et puis mes parents sauront que je suis dans les tribunaux pour une affaire de mœurs, ce n'est pas mieux!

- Et quoi, tu continues à faire la putain jusqu'à leur disparition?

- Ou la disparition d'Alex! Il m'est venu à l'esprit de le tuer.

- Mais comment tu as fait pour te trouver dans cette galère? Arrête de me raconter s'il te plait, tu m'as beaucoup dit, mon cerveau a besoin de temps pour assimiler.

- Voilà tu sais maintenant. Je te prépare un café?

Aelia se dérobe dans la cuisine exiguë pour se trouver seule avec son embarras et ouvre le robinet de l'évier dans une tentative de brouiller les pensées de sa sœur avec le bruit de l'eau ou bien faire taire ses propres pensées. Pendant une fraction de temps, elle a cru que c'était mieux avant trois heures du matin, se couvrir par le silence est plus facile que de se couvrir par le bruit de l'eau qui coule d'un robinet. Elle laisse l'eau couler faisant un bruit difforme sur la vaisselle, elle prépare la cafetière et la met sur le feu.

Sally se livre à des images et des scénarios plus affolants que l'histoire qu'elle vient d'entendre. En fait, elle complète cette dernière avec des détails plus sinistres, plus choquants, et elle y colle tous les faits divers qu'elle a croisés sur l'exploitation sexuelle. L'instinct de survie est une faculté extraordinaire, il dépeint les mauvaises nouvelles encore plus mauvaises pour mieux s'y préparer, et les bonnes nouvelles des contes de fées, pour créer une déception au réel et ne pas mourir de joie. Le subconscient de Sally vient tout juste de démontrer cela en deux minutes. Dès que la cafetière a fini de siffler, elle dit à haute voix:

- J'imagine qu'il y a beaucoup de filles qui ont eu le même problème.

- J'imagine.

- Tu en connais?

- Elles n'en parlent jamais.

- Maman n'aurait pu imaginer qu'une telle histoire puisse t'arriver. On peut prendre le café dehors si tu veux.

- Même moi, je ne suis pas complètement sûre que cela m'arrive. Avec les conseils de maman et ses légendes urbaines, j'ai toujours cru qu'on voyait venir ce type de drame. J'étais dedans en moins de trente secondes, quand j'ai cédé au chantage.

- Je me rappelle d'une légende urbaine de maman. Tu te souviens de Malika? La jeune fille qui a été brûlée par son ami parce qu'elle l'a quitté?

- Oui, je me souviens, on était très jeunes. Ce n'est pas une légende, c'est une histoire vraie.

Aelia réplique comme si son problème était moins grave que celui de Malika, et cela révolte Sally, elle aurait voulu dire "Ce que tu vis est aussi grave! Il ne faut pas brûler pour que cela devienne grave!" Elle se retient. Un malaise s'est installé en se rappelant l'histoire de Malika, il y a eu passage à l'acte, le drame était bien réel, un anéantissement de l'être sous couvert d'amour, c'est qu'on a mal compris Aimer. Aelia est toujours dans le drame potentiel, avoir une intimité sous contrainte avec un homme qu'elle a aimé dans le passé ne lui parait pas un grand drame, bien qu'il en soit un. Cette intimité sous contrainte avait toujours un goût du passé, elle n'était jamais au présent, Aelia se sentait vide, imputée de quelques heures, figée comme un passé, sans aucune émotion, et un regard bloqué sur le lustre gris à trois ampoules qu'elle a acheté dans une brocante. Et si elle oublie de s'asperger de parfum fort, l'odeur de la pizza Pepperoni lui revient aux narines. C'est le prix à payer pour rester en paix, pour le moment.

Leur mère a beaucoup de légendes urbaines qui portent toutes une morale expliquant les conséquences d'un non-savoir-vivre, d'une mauvaise action, d'un comportement déplacé. Ces légendes urbaines ne viennent pas de son imagination, elles sont racontées par des proches, des voisins, des gens qu'elle croise dans les salles d'attente, les bus, le souk, le marché. Ghita ajoute un peu de sa création personnelle, pour servir la morale qu'elle souhaite instruire. Plus tard, c'était dans la rubrique faits divers du journal télévisé où Ghita puisait ses contes, puis dans des émissions complètes, et dans les rubriques sociales des journaux en papier, puis des journaux entiers dont le seul fond de commerce est de scandaliser les gens, et dont la mission principale est de les distraire de la misère réelle pour quelques moments. Ghita trouvait ces contes divertissants, ils lui permettent d'oublier la constance de la routine, une adrénaline qui ne coûte pas cher.

Elle qui était tellement mauvaise dans l'art du conte, est devenue une championne qui peut intriguer par une histoire simple. Elle en avait besoin pour résister à l'éducation de trois adolescents à deux ans de différence d'âge qui, soudainement, ne trouvaient plus exemple ni autorité auprès de leurs parents. Le temps est révolu où Ghita retenait ses enfants avec des jeux de devinettes en faisant sa sieste, et où elle les motivait à faire des travaux d'Hercule contre des gaufrettes à la vanille. Il lui fallait de nouveaux outils pédagogiques, l'expérience semi-réelle traumatisante. Et pour avoir de l'effet, il faut avoir de la forme, de la parure, du bling-bling et du choc pour que ça attire l'attention et que ça s'imprime dans l'esprit d'un adolescent qui n'aime plus écouter, et c'est ainsi qu'elle a appris l'art du conte et du mime. Ses contes sont tous issus d'une histoire vraie et ils sont d'une telle violence qu'ils peuvent ne plus donner envie d'essayer certaines choses. Certaines histoires ne doivent pas être contées à des enfants de moins de dix huit ans.

- Tu sais, avant de venir, maman m'a fait tout un sermon sur le danger de vivre ici, comme je suis un peu perchée, elle a peur que je me crée des problèmes. Alors, elle m'a raconté une de ses légendes urbaines, je ne sais pas si elle te l'a raconté aussi : l'homme qui a été assassiné par son voisin à cause du bruit. Elle m'a traumatisé! Je ne sais pas pourquoi elle veut que des choses graves se passent.

La légende urbaine que Ghita s'est obstinée à raconter à Sally à douze heures de son départ est digne d'un grand film de cinéma, elle vient de son oncle parait-il, elle s'est passée dans les années quatre-vingt-dix en France dans une banlieue parisienne. Un homme tire sur son voisin à cause du bruit. La moralité que Ghita a voulu passer est de garder les distances avec ses voisins et ne pas déranger, Sally comprend qu'il faut trouver le meilleur moyen de vivre sans avoir peur de tout l'immeuble, alors elle souhaite chercher un logement dans un immeuble où il n y a que des vieux retraités qui ont plus de chance d'avoir le syndrome de diogène que d'avoir un accès de folie et tirer sur des gens pour le bruit d'une fête entre amis à neuf heures du soir.

Le drame s'est passé pendant une fête de baptême, ils ont invité beaucoup d'amis. Normalement la porte serait restée ouverte pour que les gens entrent et sortent librement, mais ce n'est pas la coutume ici. Alors à chaque sonnerie, le père de famille ou la fille aînée ouvrent la porte. Ils ne l'ouvrent pas de la même manière et l'invité ne fait pas le pas pour entrer de la même manière non plus. La fille plus petite, plus prudente et plus timide ouvre en se cachant derrière la porte, le père plus confiant, ouvre la porte prêt à serrer des mains et à embrasser les invités, avec l'assurance d'un chef de foyer et la joie d'un père à nouveau.

Un seul tir au pistolet entre ses yeux, l'homme tombe sur place, comme une planche, les trois femmes qui chantaient sur une musique de tambourins ont arrêté leurs percussions comme par ordre du maestro, ou par un son de tabl, celui de la Dabka du levant qui fait taire tout autre instrument. Il a fallu quelques secondes pour voir l'homme à terre, les invités face à la porte ont couru les premiers pour se réfugier dans les chambres, et les cris contagieux se sont élevés en même temps, verres et tables renversés dans cette fuite. La musique continue à jouer dans un vieux magnétoscope et une cassette, une musique de Aita comme on écoute dans les vallées de l'Atlas. Personne n'écoute la musique, à part l'assaillant, toujours devant la porte, il se rend compte que le coup du pistolet n'a fait qu'amplifier le bruit, il se sauve en descendant les marches d'escaliers par deux, sous le son des serrures des portes des voisins qui veulent comprendre ce qui se passe.

Le père de famille tué par son voisin est un ouvrier des chemins de fer, il a cinq enfants, il vient d'avoir le sixième, et il fêtait son baptême ce soir là, il avait averti ses voisins en laissant un mot dans les boîtes aux lettres, notant avec un français approximatif que sa famille s'est agrandie d'une petite fille qu'il a appelé Zora, il invite tout l'immeuble, par courtoisie bien sûr, dans son petit logement avec le petit séjour et la petite cuisine, il ne peut pas avoir plus de dix personnes bien assises ou vingt personnes bien serrées avec des poufs partout. Il n'y a pas d'options debout un verre à la main avec vue près d'une fenêtre ou dans un balcon, il n'y a pas de balcon dans son appartement, et dans ses coutumes de réception garder un invité debout c'est comme lui demander de partir. Le voisin tueur a également reçu sa notification et son invitation courtoise, mais comme il n'ouvre jamais sa boîte aux lettres pour des raisons révélés par la police plus tard, beaucoup plus tard, il n'était pas venu frapper à la porte de son voisin pour le féliciter et prendre son sachet de dragées.

En tout cas, le père de famille est mort sur le champ, laissant derrière lui une veuve ne sachant ni lire ni écrire ni en arabe ni en français, et elle parle couramment arabe français et berbère, et six orphelins.

Le fait divers était courtement raconté dans les médias, de nos jours il aurait fait soixante douze heures d'information continue et de reportages en direct. On aurait décortiqué des centaines de théories, du terroriste, du trouble psychologique, du règlement de compte, du crime passionnel, du crime raciste... Toutes les théories seraient vraies en même temps et on trouverait toujours un passant pour parler au micro et attester du bien fondé d'une théorie. Puis on développera la théorie qui sert le mieux l'audience, ou bien qui plaira aux autorités, ou pas, la presse est un contre pouvoir qui possède l'attention du peuple. Chacun aura une vérité à raconter de cette histoire selon le suivi du feuilleton des infos. Et puis la vérité sera dite dans un emballage tellement difficile à ouvrir qu' elle resterait inaccessible, après des années.

- C'est traumatisant ce que maman raconte!

- Elle doit arrêter de regarder ce type d'histoires! Je l'ai écouté parce qu'elle a besoin de ses moments de conseils, c'est rassurant pour elle.

- Et qu'est devenue cette famille après, la femme et les six enfants?

- Je ne sais pas! Maman ne sait pas, elle a dit que la procédure judiciaire prend du temps.

- Depuis quatre-vingt-dix!

- Ça t'intrigue! Maman est plutôt bien dans l'art du conte finalement. Elle est peut-être revenue à son village au Maroc avec six enfants, ou peut-être elle est restée ici et elle est sortie travailler pour nourrir ses enfants, que sais-je.

Ha Shima est une île au large de la mer du Japon. Cette île a connu soixante ans de gloire et une population très dense depuis la découverte des gisements de houille. Une société humaine s'est organisée très vite, des travailleurs de tous horizons proches s'y sont installés et des infrastructures ont été construites pour répondre à la demande croissante de la main-d'œuvre. Avec la découverte du pétrole, l'exploitation du charbon, devenue non profitable, a ralenti dans l'île. Et les travailleurs, toute la société a été obligée de quitter l'île. Une île mono économique à mono production a été évacuée en quelques mois, les enfants nés à Ha Shima ont pour lieu de naissance une île fantôme, abandonnée aux vagues et aux vents qui l'érodent de tous les côtés. Le monsieur tué par son voisin travaillait également dans les mines de charbon des Hauts de France et de

Belgique, il a été également affecté par la baisse de l'économie du charbon, par la fermeture des mines puis la perte de travail, puis la précarité avec des allocations familiales comme source principale de revenu, un drame Ha Shima où les travailleurs sont restés sur place, cette fois, pour quelques temps dans l'espoir de revoir l'activité revenir. Il a insisté pour rester pour un meilleur futur, il a accepté de quitter la cité linéaire plus tard pour s'approcher d'une grande ville, l'activité y est plus variée, où il va apprendre un nouveau métier pour subvenir aux besoins de sa famille. Ensuite, il est devenu faiseur d'enfants et une femme qui travaille dans la cantine d'une crèche dans la grande ville. Il aurait pu rentrer à la banlieue de Marrakech mais il aurait souffert de la même situation, réinsertion sociale, non–assistée cette fois, avec trois enfants et une femme à charge, au bout de dix ans d'absence, on est aussi un peu nouveau, un peu étranger dans sa terre d'origine. Le voisin assassin vivait la même situation de reconversion professionnelle, il souffrait d'un déclassement social des plus pénibles, il n'est pas immigré, il ne pouvait pas s'imaginer faire partie de cette classe pauvre, très pauvre, qui n'est pas d'ici mais qui s'accroche à son chez soi, et qui arrive à créer de la joie dans un présent pénible, et qui suit son destin jusqu'au bout. Cette joie de vie l'exacerbe, il était seul, très seul, il n'a pas d'enfants, n'a pas de frères ni de soeurs, sa femme qui vivait avec lui l'a quitté, il passait le clair de son temps au bar, à faire la conversation à des inconnus, habitués à l'endroit, comme lui.

La vitesse dictée par la société produit chaque jour, depuis plus de trois siècles des Ha Shima potentielles partout dans le monde, il y a des pays Ha Shima, des villes Ha Shima, des villages Ha Shima. Les Ha Shima prospèrent dans les temps de paix, mais la société moderne va toujours plus vite vers l'excellence et l'efficacité, il n'y a rien de paisible dans une société moderne qui fait la guerre tous les jours à ses propres faiblesses et ne peut ainsi produire de prospérité. En contraste, le village de l'Atlas atteste d'une civilisation humaine qui continue pendant des millénaires, dont même les rêves américains, européens et levantin n'ont pas su vider pour le rendre ruine, fantôme de lui-même. Les six enfants sont des orphelins des Ha Shima, enracinés dans le paradoxe de l'histoire contemporaine de l'homme.

-       Tu te souviens du conte de Hanna (grand-mère) sur la ruse et la discorde?

-    Un peu, raconte,

-    Il était une fois une jeune fille qui s'appelait Heela et un vieil homme qui s'appelait Aâr, ils se sont retrouvés un jour dans le marché hebdomadaire. Le vieil homme voulait avoir un moyen de transport, et il a aperçu dans le marché Heela, jeune femme, seule sur un âne, en train de faire ses courses, qui paraissent pour une grande famille. Il a fini ses courses et il s'est assis à l'entrée du souk pour intercepter Heela à sa sortie. Il lui demanda de l'aider à porter sa marchandise chez lui et Heela accepta, vu son âge et sa charge. Ils se sont ainsi mis à arpenter les petites ruelles sinueuses de la ville sous les directives du vieil homme, le chemin se fut long, il dit qu'il faut traverser le petit bois pour arriver chez lui et il hésitait dans l'explication de la route, Heela commence à avoir des doutes sur les intentions du vieil homme, il voulait peut être lui voler sa marchandise ou bien son âne. Alors, elle a pris la fibule qui tenait son hayk et elle a piqué son âne qui s'est mis à courir comme un fou vers le bois et elle s'est mise à courir vite à la direction opposée remontant la ruelle vers la ville, en tenant son hayk entre les mains, et elle se retournait pour voir si le vieil homme suivait l'âne ou bien elle. Il était à sa place, surpris par la ruse de Heela. L'âne connaît le chemin de la maison de Heela, il reviendra tout seul, le vieil homme a perdu sa marchandise, et Heela lui a échappé belle.

- Je me rappelle maintenant, Grand-mère est plus amusante à raconter, elle était théâtrale, tu te souviens quand elle faisait le vieil homme et te prenait pour Heela et elle te poussait pour te forcer à avancer, et moi je te retenais pour ne pas laisser le vieil homme t'emmener.

- Oui, tu étais une bonne sœur aînée. Et Ali suivait la bouche ouverte, je ne pense pas qu'il comprenait tout à son âge.

- Pourquoi tu me racontes cette histoire maintenant?

- Parce que la ruse est mieux que la discorde. Tu dois trouver une manière pour te débarrasser de Alex en douce.

Elles étaient déjà arrivées au café, elles s'attablaient, demandaient deux cafés allongés et reprenaient leur discussion du matin.

- Je crois qu'il y a beaucoup de femmes qui trouvent des problèmes à se séparer de leurs amis si ces derniers n'en veulent pas ou ne sont pas prêts.

- Il me semble aussi.

-      Alex a presque quarante ans, il a très mal vieilli, il a perdu tous ses cheveux, il a les rides d'une personne de soixante-dix ans quand il rit, probablement parce qu'il est méchant.

-      Ou peut-être son travail, sa génétique, l'abus d'alcool! Il faut qu'on trouve une solution à ton histoire.

-      Oui c'est pour cela que je t'en ai parlé. Et arrête de me regarder comme si je suis la seule femme qui couche sous la menace, et je ne vais pas répondre à tes questions indiscretes.

-      Quelles questions indiscretes?

-      Tu m'as déjà demandé ça fait quoi d'embrasser un garçon sur la bouche, quand on était au lycée!

-      Ça s'appelait partage d'expérience!

Aelia s'effondre en pleurs subitement à haute voix, comme si le crédit du courage et d'audace qu'elle avait emmagasiné pour raconter son mal est épuisé, la force et l'endurance de porter son secret également. Elle attendait longtemps le support de sa sœur pour s'alléger, lâcher prise, se faire engueuler sans avoir de rancune, et avoir de l'aide inconditionnelle, dormir et savoir que quelqu'un veille sur elle, s'effondrer sans se perdre. C'était le moment pour elle de démissionner totalement de son problème.

-   Demain on va au commissariat déposer plainte.

-   Non, je ne suis pas prête.

-   C'était ta photo hier?

-   Oui.

-   Tu n'es pas prête pour déposer une plainte ou bien tu as peur qu'il balance les photos sur internet quand même?

-   C'est ça…

-   Tu avais rendez-vous avec lui hier?

-   Non, il m'appelle souvent pour venir me voir une heure après! Toujours à l'improviste! Je suis sa propriété…

Cette dernière réplique a suscité une colère d'injustice chez Sally, l'idée d'être esclave de quelqu'un, de quelque chose. Elle ne supporte pas cela, elle a préféré prendre congé de sa terre natale pour ce qu'elle qualifie comme une injustice. Elle s'acharne passionnée comme une vague.

-   On naît libre et on doit le rester. Ça ne m'étonne pas que tu aies pensé à le tuer!

-   A me tuer, à le tuer, à m'enfuir… J'ai passé tous les scénarios de disparition dans ma tête…

-   Tu peux aussi penser à faire disparaître ces photos, c'est plus facile.

-     Et comment? Aelia saute sur cette option comme un naufragé sur une bouée.

-     Les détruire.

-     D'accord mais comment?

-     Je ne sais pas encore, les cambriolages, les tsunamis, les tremblements de terre, les incendies, les inondations…

-     Il vit au troisième étage!

-     Tu sais où il met ces photos.

-     Chez lui, dans son téléphone portable, dans sa boite email, dans des clés USB, des cartes mémoires d'appareil photo, des CDs, ses ordinateurs.

-     Oh lala!

-     Qu'est ce que tu veux, la technologie a progressé pendant six ans.

-     Mais où physiquement?

-     Chez lui et dans son téléphone portable.

-     Tu sais où il habite?

-     Oui

-     Il vit seul?

-     A ma connaissance oui.

-     Donc c'est facile, on entre chez lui et on détruit tout, et la prochaine fois quand tu le vois tu noies son téléphone portable.

-       Tu penses tellement rapidement, tu penses que c'est facile.

-       C'est les grandes lignes, on fera un plan pour y arriver. On détruit les photos, puis tu vas déclarer à la police.

-       Non je ne peux pas faire une déclaration.

-       C'est indispensable! Dans tous les cas, il n'aura rien pour lancer des représailles.

Sally a l'impression qu'elle brûle et souffle seule, cette histoire va lui donner des cheveux blancs. Aelia n'écoute pas, elle s'est habituée à subir le malentendu! Sally n'aime pas les situations non résolues, elle va vouloir trouver une solution le plutôt possible, et elle va y penser jour et nuit pour trouver une manière d'avancer. Aelia apparaissait joyeuse et confiante il y a trois jours, à l'aéroport, est-ce facile de porter des couches si épaisses et trompeuses pour cacher autant de destruction et de fragilité, et duper même ses proches?! Sally va devoir tout faire elle-même, ce qui ne lui déplait pas, elle aime faire des plans que tout le monde doit suivre à la lettre. Elle doit aussi donner du courage à sa sœur qu'elle trouve veule et tellement lâche.

Sally n'aurait jamais imaginé vivre de tels imprévus dès son arrivée à Paris, travailler le jour dans une tour du quartier de la Défense et faire de la reconnaissance et de la filature le soir, dormir chaque jour à onze heures du soir en ayant l'impression que demain aura sa part de surprises. Pour sa sœur, toute son ardeur et sa combativité qu'elle a juré abandonner quelque temps pour s'apaiser et se dépayser en venant en France travaillent à plein temps, et toute sa méticulosité et sa ruse font surface pour exécuter un plan qui ne laissera aucune trace.

- Aucune trace!

- Est-ce possible?

- Je ne sais pas encore. On ne peut jamais savoir! Sally répondait en pensant aux histoires de la mécaniques quantiques racontées par Ali, ou le passé le présent et le futur seraient le même temps. Dans ce cas, il y aura toujours une trace.

Elle ne sait pas pourquoi elle a pensé à Ali particulièrement maintenant. Il est le plus jeune d'une famille après deux filles, sa mère était fière d'avoir un garçon, pour des raisons d'héritage et de protection et probablement pour le complexe d'Oedipe aussi. Pour ce qui est de l'héritage, Sally a une lecture totalement opposée de quatorze siècles d'érudition sur le sujet. Elle pense que le Coran est bien fait, il faut juste l'appliquer proprement sans ajouter des conditions culturelles à des textes qui ne laissent aucun moyen de le faire, ses parents n'avaient qu'à écrire un testament pour protéger les droits de leurs filles. Et en ce qui concerne la protection, avoir un frère est la meilleure chose qu'elles ont eu, il est le plus jeune, donc tout le monde prenait soin de lui. Et Sally comme Aelia pensaient qu'elles avaient un devoir de protection envers Ali, c'est leur petit frère. Il lui vient dans cette conversation à l'esprit parce qu'elle pense à lui si l'histoire de Aelia devient publique, il sera blessé, il voudra se venger, comme un arabe, peu importe les préceptes de la religion qui veulent que la loi tranche dans les histoires de l'honneur. Ali était parfaitement en phase avec la loi tribale quand il s'agit de l'honneur, la vendetta, et il trouvait le texte du Coran sur l'adultère totalement contre intuitif : " Si un homme trouve sa femme en situation d'adultere avec un autre homme, il doit appeler à l'instant quatre temoins pour corroborer sa version des faits." Où se trouve cet homme qui a cette maîtrise de soi pour réagir ainsi? Se dit t-il. Bon c'est la loi et c'est le Coran, j'espère ne pas avoir à gérer une telle situation un jour!

-      Il y a la vidéo maintenant, tu n'as pas besoin de quatre témoins.

-       La vidéo est-elle prise en compte dans les témoignages?

-       Je ne sais pas je n'ai jamais essayé! Tu penses beaucoup à la pratique Ali, apprends la loi et passe ton examen. C'est bien d'avoir 20 sur 20 en éducation isalmique, elle a le même coefficient que la philosophie.

Libres

"L'eau est le plus beau miracle ici-bas." C'est ce que disait le grand-père de Aelia, un paysan dont la survie dépend de la pluie. Il n'a jamais acheté ni utilisé un parapluie, il couvrait sa tête, déjà enveloppée dans un turban jaune, avec la capuche de sa djellaba ou de sa cape. Quand il pleuvait très fort, il disait : "il ne faut pas déranger la pluie, restons à l'abri, et le bétail aussi". Pour quelqu'un qui aime si profondément l'eau, on ne dirait pas qu'il n'a que cette phrase pour la célébrer : "L'eau est le plus beau miracle ici-bas", un beau poème, une pensée plus profonde ne serait pas de trop. Grand-père est un lettré de l'arabe et de l'agriculture, il parle peu et s'exprime avec le moins de mots possible. Selon lui, la faculté de parole doit être utilisée avec la modération réservée à la marche et la contemplation, dire l'idée avec plus de mots qu'il ne faudrait relève de l'immaturité pour lui. Il passe beaucoup de temps en foule, il écoute, il observe, il ne parle pas. L'autre grand-père disait la même chose, les jeunes filles ne l'ont pas connu, il est décédé jeune, quand leur père avait dix ans, il travaillait à construire des khettaras, un équivalent d'ingénieur de génie civil actuellement, en plus d'un outil d'analyse du sol. Autrefois, dans cette terre, les sols sont évalués à main nue, il descendait dans des puits de deux cent mètres de profondeur pour mettre en place l'ingénierie du cours d'eau souterrain, dont la source est une nappe phréatique au pied de la montagne. Le cours d'eau va parcourir des centaines de kilomètres en sous-sol, à l'abri du soleil et de la pollution pour apporter la vie à des villes entières dans le désert. Il disait que l'eau est la bénédiction. Lui aussi décrivait l'eau avec peu de mots. Sa vie a fini dans un puits de maintenance des khettaras, on aurait presque dit que c'est ce qu'il souhaitait comme manière de quitter ce monde.

Chacun a sa propre mémoire avec l'eau. Aelia et Sally ont une mémoire commune également qui est racontée d'une manière absolument identique par les deux jeunes femmes, en dépit du passage du temps. En fin d'après-midi, à l'heure d'arrosage du jardin, le son d'aspiration que font les dalles de béton, assoiffées et asséchées par le soleil de la journée quand le tuyau d'arrosage les asperge. Elles arrosaient le jardin pieds nus, et elles sentaient le mouvement d'aspiration sous leurs pieds, comme un fourmillement, puis la douceur de marcher sur les dalles en sentant cette fraîcheur humide et puis une tiédeur de l'eau qui prenait la chaleur des dalles. Les gouttes d'eau sur le tapis de gazon, vert au pied des arbres, jauni dans les endroits qui ne reçoivent pas d'ombre, sur les fleurs rouges du géranium, sur les roses de damas et les tiges du romarin, s'évaporent dégageant un parfum qui se mélange avec l'odeur du sol et produit une bouffée enivrante d'un jardin d'été en fin d'après-midi, vivant, frais, fleuri. Le goûter était souvent servi dans ce jardin l'été.

Sally et Aelia ont une mémoire d'eau commune dans la cuisine également, les bouteilles d'eau en verre qui finissaient cassées par la dilatation de l'eau changée en glace dans le congélateur parce qu'elles voulaient refroidir l'eau rapidement, les œufs et la casserole qui finissent brûlés parce que l'eau de cuisson s'est évaporée. Pendant ce temps, elles étaient en train de regarder un dessin animé et elles ont oublié de mettre la bouteille d'eau au réfrigérateur plus tôt, et ont oublié la casserole des œufs sur le feu pendant trente minutes ou plus. Et c'est ainsi qu'elles ont inventé leur propre jeu Shifumi, où la possibilité de gagner est deux plus probable que la possibilité de perdre, elles ont fait cela parce qu'elles ont compris que les joueurs ne subissent pas la même perte ni le même gain en général, et le jeu Papier-Pierre-Ciseaux ne considère pas ce fait.

Ainsi se déroulait leur jeu shifumi, l'eau a trois états : glace, liquide et vapeur et bascule d'un état à l'autre dans trois états de température, zéro, dix et cent degrés. Le changement d'état de la glace se passe à dix et à cent, le changement d'état du liquide se passe à zéro et à cent et le changement d'état de vapeur se fait à zéro et à dix. La glace reste à son état à zéro et le liquide à dix et la vapeur à cent. Le jeu est très simple, un joueur choisit l'eau et l'autre la température, cette dernière est le choix du joueur faible. Puis chaque joueur choisit un état. Si la température qui est choisie change l'état de l'eau, alors la chaleur gagne, si la température choisie ne permet pas de changer l'état de l'eau alors l'eau gagne.

C'est l'ennui des années quatre-vingt-dix dans une famille de classe moyenne qui encourage les enfants à créer leurs propres jeux pour se divertir ou s'occuper en faisant des activités utiles. Aelia, Sally et Ali créaient leurs propres jeux, et préparaient des gâteaux et des limonades dans les après-midis, quand ils n'étaient pas encore assez grands pour aller à la plage seuls avec leurs amis, ni encore jeunes pour faire des siestes comme leurs parents. Maintenant, Sally et Aelia parlent de manière nostalgique de ces étés. Cette fois, par nécessité, elles sont en train de créer une autre mémoire commune avec l'eau, dans cet appartement parisien qui donne sur une cour pleine de poubelles vertes et de pots de plantes fleuris.

-       Bonjour Alex, désolée je n'étais pas disponible Samedi dernier, j'étais malade.

-       Rien de grave j'espère, je passe te voir demain.

-       Si tu veux. Il répond comme s'il s'inquiétait de sa santé. Elle sait bien qu'il ne vient pas la voir parce qu'elle est malade!

Aelia envoie ces messages en sentant l'approche de son affranchissement, avec le stress et la joie qui pourraient accompagner cela. Elle se rappelle avec dégoût quelques bribes de leurs conversations "on est en paix avec le corps en Europe", "Tu es une personne exceptionnelle parce que tu as fait le pas vers la liberté".

Mais de quelle liberté il parlait, elle n'avait pas le choix avec lui, elle était sous menace permanente. La seule chose qu'elle a choisi dans cette histoire c'est de ne pas se défaire de ses valeurs et de son éducation et de protéger ses parents d'un scandale. Elle pensait ainsi mais elle n'a jamais osé le dire à haute voix devant Alex. D'ailleurs, cette dictature des choix qui attestent de sa liberté est une autre forme d'asservissement. "Et qui va m'apprendre la liberté? Un maître chanteur, qui sait chaque jour depuis des années qu'il exploite une femme sous la menace, et se convaint de son crime en croyant apporter du bien." C'est la première fois qu'elle utilise le mot "crime" en pensant à ce qu'il lui est arrivé.

Ces bribes qui lui reviennent faisaient partie des sujets pour faire semblant que leurs rencontres sont humaines, une sorte de préliminaires intellectuels dimorphes et vains, cachés derrière des habitudes de familiarité parce que le cerveau humain est ainsi fait, il n'arrête pas d'apprendre et de créer des familiarités, des habitudes et des raccourcis pour optimiser son fonctionnement, ou se donner le temps d'être paresseux.

Alex arrive à l'heure et Aelia ouvre vite. Il la serre dans ses bras et fixe ses yeux pour voir si elle est toujours souffrante. Il lui a apporté une boîte de chocolat qu'il pose sur la cheminée. Puis il vide ses poches sur la table, une poignée de clés, un téléphone et une boîte de cigarettes.

- Tu prends des médicaments?

- Un antalgique, c'est un virus, je ne suis plus contagieuse.

- Comment s'est passée ta semaine?

- Bien, je vais prendre un café, tu le prends avec moi?

- D'accord.

C'est la meilleure réponse que Aelia a entendue. En même temps, il était très probable que Alex accepte son invitation, il est habitué depuis des années aux manières de Aelia, elle offre toujours quelque chose à boire aux gens qu'elle reçoit. Elle part dans la cuisine en continuant la discussion avec Alex, des préliminaires sociaux et intellectuels qu'elle espère ne plus subir dans quelques heures. Elle prépare le café et le sert dans deux tasses blanches. Une des tasses contenait un somnifère en plus. Alex dormait souvent une heure avant de repartir, cette fois, il faudrait qu'il dorme quelques heures, profondément, pour accommoder le plan.

- Ne va-t-il pas mourir?

- Non! Tu mets quatre gouttes comme indiqué dans le prospectus. Et si tu te trompes, il va juste dormir plus longtemps, mais ne te trompes pas de manière excessive s'il te plait! On a dit quatre gouttes, cinq ou six ça peut aller, plus tu refais un autre café.

- D'accord.

- Tu me donnes l'impression que tu ne sais pas compter.

- J'ai peur surtout.

- Ça se voit, tu as le visage pâle. N'aies pas peur, il ne mourra pas, on prescrit ce médicament pour des enfants. Envoie-moi un SMS quand vous finirez vos attouchements et quand il dormira pour que je prenne les clés de chez lui.

- Quels attouchements?!

- Profite, c'est la dernière fois avec Alex, et il te faut après un sevrage et un psy pour devenir normale.

- Que tu es bête! réplique Aelia en rougissant et poussant sa sœur vers la porte.

Dans la petite cuisine, elle a eu une impression de déja-vécu en préparant le café, la toute première fois où elle lui a préparé le café sous la menace des photos, elle sentait exactement la même chose, le battement de son cœur est très bas et ses mains sont glacées, la lumière du jour est quasiment la même, le ciel est clairsemé de nuages grands et denses, d'un blanc éclatant, qui jouent au jeu de la lumière et de l'ombre sur Paris dans leur voyage vers l'est, et elle lui a demandé exactement la même question:

- Tu le veux corsé?
- Comme d'habitude!

Elle a oublié son habitude de café! Son cerveau commence déjà à éliminer les souvenirs et les habitudes. Elle réplique quand même par un "d'accord" qui veut dire en réalité "peu importe", il a toujours bu le café qu'elle prépare sans donner de remarques. Alex boit sa tasse de café en deux grandes gorgées comme un ristretto, et cela tombe bien car la dose du médicament fonctionne mieux quand elle est prise en une seule fois, il souhaite passer plus vite aux choses sérieuses. Il félicite Aelia pour le bon café avec un sourire et prend ses aises sur le canapé, disponible pour la suite. Aelia voit cela comme un signe du destin, et plus elle voit le plan bien se dérouler plus elle a un doute sur sa réussite, et elle perd davantage la chaleur de son corps, ses doigts et ses orteils sont glacés.

Pendant cinq ans, Aelia a toujours quitté le lit la première pour prendre une douche. En deux pas, elle est isolée et nue dans sa salle de bain, bien rangée et bien entretenue cette fois. elle a senti son ventre tourner soudainement, probablement à cause du stress, elle a souvent des diarrhées quand elle se confronte à des situations imprévues de stress. Elle a ouvert l'eau de la douche et s'est assise sur la cuvette des toilettes, son ventre s'est vidé totalement, et quasi simultanément elle a eu faim. Elle se met sous le jet d'eau chaude et la laisse couler tout au long de son corps. Elle passe plus de temps que d'habitude sous la douche, comme si elle souhaite changer de peau, elle a utilisé un gel douche à la fleur d'oranger, qui sentait fort et qui l'enracine dans les vergers du printemps de sa terre natale, elle l'utilise souvent quand elle veut se dépayser d'elle-même, pendant quelques instants. Rougie par la chaleur, elle ferme la douche et met son peignoir. A la sortie de la salle de bain, Alex était déjà endormi. Le son de l'eau est berçant, il a dû l'aider à s'assoupir rapidement.

Aelia, debout dans son peignoir et son bonnet de bain, contemple Alex sans le toucher, sans bruit, pas même le bruit des ses pensées et de ses sentiments contradictoires. Il vient de dormir il y a dix ou quinze minutes. Elle refait leur histoire dans sa tête, depuis la première rencontre, tantôt elle sourit tantôt elle a la gorge serrée. Elle contemple sa calvitie, ses joues affaissées, les poils blancs qui apparaissent dans sa barbe, ses cils longs et denses, les veines saillantes sur ses avant-bras et ses mains, le peu de poil sur sa poitrine. Il respire silencieusement et doucement, on dirait que sa cage thoracique est plus lourde sur ses poumons que d'habitude. Elle prend son téléphone pour envoyer un message à sa sœur, sa main va d'abord à l'appareil photo, elle le prend en photo, une fois, puis une deuxième, elle voit ses yeux bouger sous ses paupières fermées comme cousues. Elle efface les photos, elle ne veut pas garder des photos volées. Elle sort de la chambre et ferme la porte et envoie le message à sa sœur qui est montée aussitôt, elle ne dit pas un mot, elle montre du doigt le téléphone d'Alex, elle prend les clés et elle redescend. Une fois en bas, elle envoie un SMS à sa sœur : " Noie le téléphone d'Alex", comme si le message pointant du doigt le téléphone n'était pas clair, "et reste près du tien, envoie-moi un message s'il se réveille".

Il faut dire que Sally stresse aussi, elle n'est jamais entrée dans la maison d'un inconnu. Aelia l'a rassuré en disant qu'elle faisait souvent cela quand elle était à l'université. Elle faisait des petits boulots de ménage à domicile. Quelques jours avant, elles sont parties à une parfumerie et elles ont demandé des échantillons de deux parfums que Alex utilise, Sally a peur des odeurs désagréables et non familières, son esprit peut se brouiller totalement si elle n'aime pas l'odeur dans un endroit. C'est pour cela qu'elle a pensé à utiliser le même parfum que celui d'Alex si elle trouve une odeur désagréable chez lui, il ne se rendra pas compte facilement qu'il a eu de la visite.

Avant de monter chez Alex, elle a mis un turban africain et des lunettes, et elle a mis un boubou au-dessus de son jeans et son pull au cas où il y aurait des caméras de surveillance. Elle regarde beaucoup de films!

Aelia est restée seule, avec la peur d'être surprise à tout moment, prend le téléphone de Alex doucement et l'ouvre, il ne change jamais son mot de passe, et cherche directement l'application de messagerie électronique, elle vide toute sa boite email, qui contient cinquante mille messages, comme elle ne peut pas ouvrir un par un pour s'assurer que ses photos n'y sont pas, elle a vidé la poubelle et elle a changé le mot de passe de la boîte pour donner l'impression qu'elle a été piratée. Elle se fige à chaque fois qu'elle entend la respiration d'Alex changer, les appartements parisiens sont souvent passoires sonores. Ensuite, elle efface toutes les photos du téléphone et elle parcourt trois fois les sept pages d'applications pour se rassurer de ne rien oublier. Elle repose le téléphone exactement à sa place et ramène sur la pointe des pieds de la cuisine un bol rempli d'eau et elle y met le téléphone en observant quelques bulles d'air remonter, et elle s'est figée debout, son téléphone à la main en train d'observer le passage du temps, cinq minutes. Cette durée est suffisante pour détruire n'importe quel appareil électronique, puis elle ajoute trois autres minutes pour s'en assurer. Comme la troisième balle qu'un tueur met dans le cœur de quelqu'un après lui avoir tiré deux balles entre les yeux. Cette troisième balle, comme ces trois minutes supplémentaires ne sont pas inutiles, c'est l'absence d'hésitation, c'est ne laisser aucune chance au destin, c'est la satisfaction de la revanche, c'est le point final.

C'est la première fois que Aelia voit couler intentionnellement un appareil électronique hydrophobe comme ce téléphone. Elle se rappelle la dernière fois, quand tous ses amis se pressaient à saisir leurs téléphones de la table miniature d'un café parisien, quand un verre d'eau s'est renversé, elle a même cherché, dans ce tumulte d'action, un téléphone à sauver alors que le sien était dans sa minaudière, elle a souri en se disant "noyeuse de téléphones". Elle l'a ensuite sorti du bol, essuyé avec le bout de son peignoir de bain, en s'asseyant exactement dans la place de Alex tout à l'heure. Impeccablement sec, elle le pose exactement à la place où il l'a laissé. Elle remonte ses jambes et se met face à la fenêtre, plante une oreillette d'écouteurs dans son oreille et lance une chanson d'Oum Kalthoum qui chante un poème de plus de cent vers distillé sur des mélodies transcendantes d'une heure. En regardant les nuages blancs passer, elle prie pour que le médicament fasse son effet comme prévu.

Aelia et Sally ont répété une semaine auparavant la route vers l'appartement d'Alex trois fois pour être sûres que Sally pourrait le faire seule, vite et sans problèmes. Sally a mis vingt minutes pour arriver, a stationné une rue avant et a marché, deux ou trois minutes, avec une allure ferme et monotone qui ne convenait pas à son déguisement. Devant la porte, elle a sorti la poignée de clés et a ouvert la porte avec une sorte de badge magnétique. Elle prend les escaliers pour monter au troisième étage, elle n'aime pas les ascenseurs, ils peuvent se bloquer pendant des heures. Elle ouvre la porte et entre dans l'appartement, un quarante cinq mètres carrés, peu encombré, décoré comme un bistro, avec des tableaux d'art en format A3 en blanc et noir de femmes nues. Elle enlève les lunettes et le turban qui commence à lui chauffer la tête et à peser lourd, et jette un regard attentif sur chaque tableau. Un des tableaux est Aelia de dos, méconnaissable sauf pour sa sœur et sa mère qui lui ont gommé le dos chaque semaine au Hammam pendant des années. Elle est reconnaissable avec les deux grains de beauté et la cicatrice en bas du dos, une égratignure d'une branche que Aelia a eu enfant en montant dans l'abricotier.

Elle prend une respiration profonde et commence sa recherche avec méthode, chambre par chambre, en tout il y a deux chambres, un coin cuisine et une salle de bain. Elle ouvre les rangements et les tiroirs à la recherche d'appareils électroniques, de supports de stockage numériques, de photos et de films négatifs. Elle ouvre tous les tiroirs du meuble de séjour et les garde tous ouverts, elle sort des clés USB et des CDs, Elle va dans le coin cuisine et apporte un saladier rempli d'eau, et elle noie toutes les clés de stockage. Elle sort son tranchoir et se met à rayer les CDs, une centaine. Même ceux dont le contenu est connu vu la gravure ou bien le nom de films et de musique passent sous le tranchoir aussi. Elle a dû passer dix minutes à gratter des CDs, elle sort les clés de l'eau, les essuie dans son boubou, et elle remet chaque chose à son tiroir puis elle ferme tous les tiroirs en même temps, et le meuble redevient comme s'il n'a jamais été touché. Elle passe à la chambre à coucher, avec son saladier, elle trouve deux ordinateurs, un appareil photo professionnel, une pile de cinq cent photos au moins, et encore des CDs, des clés USB et des cartes mémoire SD minuscules. Les clés USB partent dans le saladier. Les CDs passent au tranchoir, les ordinateurs passent sous le robinet et cinq trou au cœur de leur carte mémoire avec une mini-perceuse, puis elle les branchent à l'électricité pour les court-circuiter. Elle perfore également toutes les cartes mémoires qu'elle a trouvé, même celles qui sont dans l'appareil photo. Elle s'assure que l'appareil n'a pas une mémoire intégrée, il serait passé sous le robinet puis la perceuse. "Elle est amusante cette mini-perceuse, elle fait des trous invisibles, je n'aurais jamais cru qu'elle me servirait autant!".

Sally a acheté cette mini-perceuse en Chine, dans un marché de l'électronique. Elle était partie à Shanghai pour une formation de constructeur et parmi les endroits fascinants était le marché de l'électronique, on y trouve tous les composants imaginables pour assembler un ordinateur, un téléphone, un circuit électronique pour animer un robot et même les outils qui servent à faire cet assemblage, et c'est ainsi qu'elle a acheté une boîte à outils pour circuits intégrés qui contient une soudeuse, une mini-perceuse, des câbles en cuivre et des outils de mesure de voltage, etc. Elle en était fière, car cela lui permettait de pratiquer ce qu'elle a étudié pendant des années à l'école d'ingénieurs et à réparer avec son frère les télécommandes et les transistors.

Enfant, Sally a beaucoup d'expérience à fouiller dans les archives. Le sien d'abord, elle avait des cartons de chaussures Bata remplis de souvenirs, des photos de classe, des cartes postales faits à la main, des petits cartons de bons points, les résultats scolaires, ses premiers dessins. Elle ouvrait ces boîtes et regardait le contenu des heures. Elle a également passé des après-midis entiers à fouiller les cartons de son père et l'armoire de sa mère, à essayer ses caftans, son maquillage et elle ne s'est jamais fait prendre. Elle adorait ce jeu de fouille, c'est comme de l'archéologie dans les mémoires des gens, c'est ainsi qu'elle a appris que son père écrivait dans un journal hebdomadaire et qu'il était dans le comité du parti communiste, elle regardait ses cartes postales qu'il recevait de ses amis de France, de Hollande, du Canada. On envoyait des cartes postales pour se souhaiter une bonne année. Elle ne comprenait pas tout, et c'est pour cela qu'elle ne se lassait pas de fouiller les boîtes, à chaque fois elle apprend de nouvelles choses, et c'est une fascination.

Elle a passé une heure à percer, gratter et noyer des appareils. Plus le temps passe, plus elle a peur de recevoir un message de sa sœur l'informant que Alex s'est réveillé, et son cerveau se disperse de sa besogne à penser à ce qu'il faudrait dire. " Elle n'a qu'a lui dire qu'il n'avait pas ramené ses clés! Aelia doit être morte de peur actuellement". Ses mouvements deviennent imprécis, impatients et prestes avec un léger tremblement, elle ne met que deux rayures au lieu de quatre sur un CD de film ou de musique. Elle se dit qu'il y a moins de chances de mettre des photos sur un CD nommé "Les bronzés", et ne met qu'un seul trou par carte SD, c'est suffisant pour détruire son fonctionnement. Elle regrette même d'avoir passé tant de temps à faire trois trous dans deux cm2 sur les premières cartes. Elle pousse un cri bref pour se concentrer et elle expire tout l'air qu'elle a dans ses poumons pour se calmer. Elle reçoit un message rassurant de sa sœur, "tout va bien, il dort encore, il a une cave. Il y a peut être quelque chose dedans." Sally se rend compte qu'elle n'a pas vu de films négatifs de photos, ils sont probablement dans la cave. Elle vérifie vite la salle de bain et les rangements de la cuisine, elle ne trouve rien et elle s'en réjouit.

Malgré le message rassurant de sa sœur, elle ne souhaite pas s'aventurer à vérifier les photos, et décide de prendre toute la rame avec elle. Elle remet son turban et ses lunettes, se retourne une dernière fois pour s'assurer de ne rien oublier, elle se rappelle du saladier. "Mon Dieu, quelle trace de crime avec les empreintes de mes dix doigts!". Elle le vide dans l'évier et le remet dans le placard. Elle refait un dernier tour dans l'appartement. Elle regarde une dernière fois le tableau blanc et noir avec la photo de sa soeur, ferme la porte de l'appartement à double tours et descend avec son sac alourdi et gonflé au point que la fermeture éclair ne passe plus.

Elle descend au sous-sol en prenant les escaliers, en espérant ne croiser personne. Les caves portent les mêmes numéros que les appartements, Sally enlève ses lunettes et les met dans la poche de son boubou, la lumière n'est pas forte dans ce sous-sol. Elle essaie la dizaine des clés accrochées au porte-clés pour en trouver une qui marche, la dernière. Elle ouvre la cave et elle se met à chercher vite dans les cartons. Alex est très organisé, les cartons sont numérotés et libellés, cela facilite la recherche. Tous les négatifs avec des photos étaient dans un seul carton de 30 x 40 x 30 centimètres, elle jette un coup d'œil sur les autres cartons, des chaussures, des livres, des magazines, des câbles divers, il y a aussi une bicyclette, des ballons de football, et un tapis de course d'appartement. Elle trouve un ancien ordinateur portable, elle le met à l'intérieur du carton, elle ne peut pas le détruire ici. Elle ferme la cave et remonte vers la sortie, sans remettre ses lunettes. Contente qu'elle n'a croisé personne, elle marche vers la voiture en tournant son visage à droite, vers le sud pour faire face au soleil. Elle dépose un sac caba rempli de photos et un carton de films négatifs dans le coffre et elle envoie aussitôt un message à sa sœur, "j'ai fini, je démarre". En conduisant, elle enlève son déguisement. Elle a toujours cette habitude de faire plusieurs choses en conduisant, se maquiller, répondre aux appels, chercher des CDs dans la boîte à gants, enlever sa veste, ou son déguisment.

Elle monte vite par les escaliers pour donner les clés à sa sœur et elle descend s'attabler dans le café du coin, elle s'assoit à l'intérieur face à la rue, pour se changer les idées en regardant les gens passer, attendant le départ d'Alex. Elle commande un thé et une crème brûlée, elle a une envie de sucré, et elle sent ses mains retrouver de la chaleur, et l'arrière de ses oreilles est moins tendu. Elle sent sa sueur, elle ne sait pas depuis quand elle s'est mise à suer, probablement depuis qu'elle a franchi la porte de l'appartement d'Alex, et c'est une sueur différente, graisseuse et épaisse, avec une odeur de vanille et de thym, son stress et sa peur ont une odeur de thym, elle ne sentait pas ainsi quand elle fait du sport!

Alex se réveille deux heures plus tard, étonné d'avoir dormi si longtemps. "je ne dors pas bien pendant une semaine, c'est un peu normal aussi". Il prend une douche et se roule dans la serviette pendue qu'il utilise d'habitude, Sally a utilisé la même ce matin, il ne sait pas que Aelia reçoit la visite de sa sœur, et il ne le saura peut-être jamais. Il met ses vêtements, demande gentiment un café à Aelia qui le fait en silence pour garder de cette dernière rencontre plus de présence que de mots. Il descend comme à son habitude, après avoir vidé la tasse dans sa bouche. Il boit toujours cette dernière tasse plus vite, pressé de partir.

Aelia ferme la porte derrière lui et s'y appuie de toutes ses forces pour la tenir fermée, comme pour s'assurer que ce chapitre de sa vie a touché à sa fin. Elle est restée adossée à la porte pendant quelques minutes, avec l'esprit totalement ailleurs, elle a dû oublier de respirer pendant quelque temps, elle inspire profondément et cela la ramène sur place. Elle rappelle sa sœur qui raccroche à la première sonnerie : " il est parti, tu peux monter".

-    Alors?

-    Il a tout perdu, comme dans un tsunami, mais sans vagues. J'ai apporté un carton plein de films négatifs et de photos, on le détruira plus tard.

-    On peut utiliser le destructeur de documents de mon bureau.

-    S'est-il rendu compte que son téléphone est mouillé?

-    Non, il a cru qu'il avait été déchargé, il ne m'a même pas demandé de chargeur, il a dit qu'il va le charger dans sa voiture. Il est toujours pressé de partir.

-    Demain tu iras porter plainte au commissariat,

-    Non. Un peu plus tard.

- D'accord mais cette semaine, et tu diras que Alex est en possession de photos préjudiciables et il te menace pour avoir des avantages.

- Je dirais qu'il pourrait éventuellement les utiliser si on se sépare. Si je dis qu'il me menace, il y aura des investigations, un procès…

- Tu as peur pour lui!?

- Je veux oublier cette partie de ma vie le plus tôt possible.

Sally, attendrie comme un morceau de sucre au fond d'un verre de thé, se rappelle du paradoxe du temps dans la mécanique de l'infiniment petit, le passé, le présent et le futur se passeraient simultanément. Elle serre doucement sa sœur dans ses bras, et colle sa joue contre la sienne, en silence.

9 781916 707627